Conquise par l'ennemi

HEIDI RICE

Conquise par l'ennemi

Traduction française de
ANNE-LAURE PRIEUR

AZUR

HARLEQUIN

Collection : Azur

Titre original :
ONE WILD NIGHT WITH HER ENEMY

HARPERCOLLINS FRANCE
83-85, boulevard Vincent-Auriol, 75646 PARIS CEDEX 13
Service Lectrices — Tél. : 01 45 82 47 47 - www.harlequin.fr
ISBN 978-2-2804-6783-4 — ISSN 0993-4448

Composé et édité par HarperCollins France.
Imprimé en mai 2022 par CPI Black Print (Barcelone)
en utilisant 100% d'électricité renouvelable.
Dépôt légal : juin 2022.

FSC www.fsc.org MIXTE Papier issu de sources responsables FSC® C159065

Pour limiter l'empreinte environnementale de ses livres, HarperCollins France s'engage à n'utiliser que du papier fabriqué à partir de bois provenant de forêts gérées durablement et de manière responsable.

Prologue

— Tu n'es pas sérieuse, Ash ! On voit à travers ! C'est bien trop…

Audacieux ? Excitant ?

Cassandra James secoua la tête. Elle se rendait à un mariage branché à San Francisco dans moins de quatorze heures. La robe que lui avait trouvée sa colocataire et meilleure amie, Ashling Doyle, n'avait rien d'excitant. Elle était tout simplement indécente !

Son patron, Zachary Temple, l'envoyait à ce mariage en mission de reconnaissance afin d'observer Luke Broussard, de la société Broussard Tech, dans ce qu'il appelait son « habitat naturel ». S'ensuivrait un voyage de prospection de deux semaines sur la côte Ouest au sein du florissant marché américain de la high-tech.

En tant qu'assistante de Temple, Cassie préparait souvent le terrain avant un investissement. Elle vérifiait les références des industries visées et calculait les risques. Un travail plus stimulant que ses tâches administratives habituelles. Son professionnalisme et ses recommandations avaient impressionné Temple qui lui avait confié cette mission après qu'elle avait émis certaines réserves concernant Broussard. C'était une opportunité en or de gravir les échelons. Le problème était qu'elle avait toujours opéré dans l'ombre jusque-là, depuis le siège de Temple Corp à Londres. Jamais lors d'événements glamour de l'autre côté de l'Atlantique, entourée de personnalités en vue. Mais elle avait tu ses appréhensions à Temple, de peur de passer pour une poule mouillée. Ce n'était qu'un mariage, non ?

Du reste, une enquête plus poussée sur Broussard s'imposait. Elle n'avait trouvé aucune information en ligne sur ses origines ou son parcours, comme si tout avait été délibérément effacé. Ses recherches n'avaient mis au jour que des articles dithyrambiques relatant l'incroyable ascension de cette start-up innovante, devenue en à peine dix ans un acteur majeur sur le marché international. De nombreux clichés de paparazzis montraient Broussard avec de sublimes créatures à son bras, toujours différentes. En dehors de cela…

Se rendre à San Francisco pour en savoir plus se justifiait. Tout comme faire appel à Ash, la personne la plus tendance qu'elle connaisse, pour lui trouver une tenue adéquate. Du moins le croyait-elle, avant que son amie ne lui fasse essayer cette création en lamé doré moulant intimement ses courbes.

— Tu ne peux pas mettre de soutien-gorge avec cette robe, décréta Ash. Cela gâcherait l'effet.

Elle recula et la détailla d'un œil satisfait.

— Tu es magnifique, Cass.

— Tu plaisantes ! Mes seins partent dans tous les sens ! protesta Cassie en plaquant les mains sur sa poitrine.

Ash eut une moue dont Cassie avait appris à se méfier au fil des années. Fille de la gouvernante des James, elle était rapidement devenue sa meilleure amie, toujours à l'entraîner dans de nouvelles aventures, mais aussi sa plus grande alliée face à la sévérité de son père. Elle adorait son côté libre et décomplexé. Un peu moins aujourd'hui, d'autant qu'elle n'avait plus le temps de trouver une autre tenue avant son départ pour l'aéroport d'Heathrow.

— Un soutien-gorge avec cette robe serait un crime, insista Ash. Fais-moi confiance.

Cassie se décomposa malgré elle, rattrapée par l'angoisse qui la rongeait depuis que son patron lui avait assigné cette mission de dernière minute.

— Cass, que se passe-t-il ? s'enquit son amie d'un air inquiet.

— Rien, répondit-elle mécaniquement.

Avant de s'obliger à prendre une grande inspiration. Ash était sa meilleure amie. Si elle pouvait s'ouvrir à quelqu'un, c'était bien à elle.

— C'est ce mariage… Je n'ai aucune envie d'y aller.

Voilà, c'était dit.

— Pour quelle raison ? demanda Ash.

— Les réceptions mondaines, ce n'est pas mon fort.

Quand elle avait dix-huit ans, son père avait organisé une importante soirée en lui confiant le rôle d'hôtesse. Un test qu'elle tenait à tout prix à réussir, et auquel elle avait lamentablement échoué. Il ne lui avait jamais donné de seconde chance.

— Temple m'envoie là-bas pour enquêter sur un entrepreneur du nom de Luke Broussard, invité au mariage, ajouta-t-elle. Cette robe est un peu trop tape-à-l'œil, tu ne crois pas ?

L'expression d'Ashling s'adoucit et elle passa un bras autour de ses épaules en marque de soutien. Une solidarité sur laquelle Cassie avait pris l'habitude de s'appuyer.

— Pas du tout, assura-t-elle. C'est la robe idéale pour une mission d'espionnage industriel. Tu vas tellement éblouir ce Luke qu'il va trahir tous ses secrets en te l'arrachant dans un fougueux élan de passion.

Cassie s'empourpra. Peut-être avait-elle étudié les photos de Luke Broussard d'un peu trop près. La scène se dessina nettement dans son esprit, deux grandes mains déchirant le fin lamé doré…

— Oublie la passion. Je ne suis pas là pour cela, répliqua-t-elle en ignorant la brusque chaleur au creux de son ventre.

Merci pour le fantasme indésirable, Ash !

— Et il ne s'agit pas d'espionnage industriel, mais de jauger une opportunité d'investissement. Je ne veux pas me planter. Je dois me fondre parmi les invités.

Et non détonner comme elle risquait de le faire dans cette robe. Mais Ash semblait d'un autre avis.

— Dans ce cas, tadam ! Mission accomplie ! conclut-elle en la désignant d'un geste théâtral.

Le portable de Cassie interrompit leur échange. Un message de Gwen, son assistante, relégua au second plan ses doutes vestimentaires.

Désolée, problème de dos. Impossible d'aller récupérer le smoking aujourd'hui.

Cassie laissa échapper un juron.

— Un problème ? s'enquit son amie.

— Ash, peux-tu me rendre un immense service ?

— Bien sûr. Lequel ?

— Tu veux bien aller chercher le smoking de Temple au pressing et le déposer chez lui à Mayfair avant 18 heures ? Il a une soirée très importante, et Gwen vient de me lâcher. Je t'enverrai l'adresse depuis le taxi, ajouta-t-elle en se débattant avec la fermeture de sa robe.

— Il ne peut pas aller le chercher lui-même ? bougonna Ash, à la surprise de Cassie.

— Hum, non. J'ai besoin de quelqu'un de confiance pour remplacer Gwen.

Ash n'était pas toujours fiable à cent pour cent. Mais quand elle promettait de faire quelque chose, elle tenait parole.

— Sérieusement ? Tu n'as personne d'autre à qui demander ?

— Pas comme cela, à la dernière minute, répondit Cassie, décontenancée par la réticence de son amie.

Elle d'habitude si prompte à l'aider…

— Il y a un problème ?

À sa connaissance, Ash n'avait jamais rencontré son patron, ni témoigné de la moindre hostilité à son égard. Cela dit, ils étaient comme le jour et la nuit. Ash était une personne ouverte et chaleureuse, un peu excentrique, et Temple… rien de tout cela.

Ash coupa court à ses interrogations.

— Aucun. Je m'en occupe, dit-elle en l'aidant à baisser sa fermeture Éclair. C'est juste que je n'aime pas être la boniche d'un milliardaire, c'est tout. Il n'y a rien de personnel.

Cassie scruta son amie avec attention. Était-ce elle ou Ash avait rougi ?

— Tu en es sûre ?

La jeune femme roula des yeux.

— Mon cours de yoga finit à 15 h 30. J'aurai largement le temps.

— D'accord… Merci.

La robe glissa le long de ses hanches, et un frisson sensuel la traversa. Cassie enfila en quatrième vitesse son T-shirt laissé sur le lit. Elle se sentait troublée, tout à coup, étrangement… vulnérable ? Qu'est-ce qui lui arrivait ? Certes, elle était techniquement toujours vierge après quelques rendez-vous peu concluants à l'université. Mais elle n'était pas novice non plus. Elle avait embrassé de nombreux garçons. Si elle n'était jamais allée plus loin, c'était uniquement parce que sa carrière passait avant sa vie privée. Était-ce cela, la vraie raison de son appréhension vis-à-vis de San Francisco ?

Non, se raisonna-t-elle. Peut-être n'était-elle pas très à l'aise en dehors du cadre professionnel. Mais elle n'avait jamais été intimidée par les hommes riches et puissants comme Luke. Ne travaillait-elle pas depuis trois ans en étroite collaboration avec l'un d'eux ?

— Allez, dépêche-toi de filer si tu ne veux pas rater ton avion, la pressa Ash en ramassant la robe par terre.

Et tâche de t'amuser un peu, même s'il s'agit d'un voyage d'affaires. Il n'y a pas de mal à mélanger travail et plaisir.

Cette taquinerie raviva la nervosité de Cassie. Une tension s'insinua dans ses muscles, ainsi que dans une partie plus déconcertante de son anatomie.

Cesse de te prendre la tête, Cassie ! C'est juste un travail comme un autre.

Mais le lamé doré lui paraissait toujours aussi osé et excitant tandis qu'elle pliait soigneusement la robe dans sa valise.

1.

Tu avais raison, Ash. Ma robe n'est même pas la plus décolletée ici. Que s'est-il passé avec le smoking ? Je croyais que tu avais le temps !

Luke Broussard sirotait sa bière, les yeux rivés sur la femme à l'autre extrémité de la tonnelle, occupée à pianoter sur son portable. Sa robe dorée chatoyait dans la lumière orangée du soleil couchant, mettant en valeur son cou gracile et l'arrondi ferme de ses seins. Il l'avait repérée vingt minutes plus tôt, dès son arrivée à ce mariage huppé dans les Jardins Botaniques de la ville. Sa robe incroyable, et la silhouette plus spectaculaire encore qu'elle dévoilait, faisaient tourner toutes les têtes. Ce n'était pas un, mais toute une cour de prétendants qu'elle avait déjà éconduite. Ce n'était pourtant pas cela qui avait retenu son attention. Du moins, pas seulement.

La tension dans son aine s'accentua. Il but une gorgée de bière fraîche pour calmer ses ardeurs. Non, ce qui l'avait intrigué était qu'il ne la connaissait pas. Il devait être sorti avec toutes les jeunes et jolies célibataires de la côte Ouest, quand ce n'était pas elles qui l'avaient dragué. Alors qui diable était-elle ?

S'était-elle incrustée à cette réception chic sans y avoir été invitée ? Lui-même était coutumier du fait aux débuts de Broussard Tech, quand il cherchait des financements pour ses premiers prototypes. L'idée avait enflammé son imagination autant que sa libido. Mais très vite, il l'avait écartée. La jeune femme était bien trop snob et élégante pour cela. Ce qui la rendait encore plus fascinante. Sa beauté éthérée, inaccessible, lui rappelait toutes ces filles trop bien pour lui au lycée. Des gosses de riches privilégiées, trop heureuses de fricoter avec lui en soirée, mais qui l'ignoraient le lendemain parce qu'il vivait dans une caravane avec son bon à rien de père et cumulait deux petits boulots sans pouvoir s'offrir les dernières baskets à la mode. Ces souvenirs le faisaient sourire à présent qu'il pesait plusieurs milliards. Était-ce cela qui l'attirait chez l'inconnue à la robe dorée ? La chance de prendre sa revanche sur ses humiliations passées ? Plus aucune femme ne lui était inaccessible, désormais. Pas même une déesse comme elle.

Une déesse qui se mordait la lèvre. Peut-être n'était-elle pas aussi sûre d'elle qu'il l'avait supposé, tout compte fait. Il l'observa plus attentivement. Elle paraissait tendue. Moins snob que mal à l'aise. Intéressant. Lui aussi détestait ce genre de soirée mondaine. Il les évitait comme la peste car il abhorrait s'exhiber en public, surtout habillé en pingouin. Il dénoua sa cravate qui lui serrait la gorge et la fourra dans sa poche. Si les mariés ne l'avaient pas sauvé de l'ostracisme social à l'université, il aurait fait l'impasse ce soir. Il se félicitait à présent d'être venu, et pas seulement pour les vœux touchants échangés par Matt et Remy.

À quand remontait la dernière fois qu'une femme l'avait autant captivé ?

Il n'était visiblement pas le seul sous son charme, car un nouvel homme vint l'aborder. Dan Carter, P-DG d'une société concurrente. Luke se raidit.

Va voir ailleurs si j'y suis. Elle est à moi.

Cet élan possessif le surprit et l'irrita. Il y avait bien longtemps qu'il ne se laissait plus gouverner par sa libido.

Depuis ces soirées sous les gradins du stade du lycée. Aujourd'hui, son équipe de sécurité vérifiait le profil de toute femme qui l'intéressait afin de filtrer les aventurières plus intéressées par son compte en banque que ses talents d'amant. Revers de la médaille, séduire avait perdu tout son sel… Jusqu'à ce soir. L'adrénaline fusa dans ses veines lorsque l'inconnue repoussa Carter à son tour. Pour la première fois depuis une éternité, il avait envie d'en savoir plus sur sa future conquête. Fini d'observer de loin, il était temps de passer à l'action.

Troquant sa bière contre deux coupes de champagne, il se dirigea vers elle. Au diable l'enquête préliminaire. Rien ne l'aiguillonnait plus qu'un mystère à résoudre. La jeune femme parut sentir son approche, telle une biche dans le viseur d'un chasseur. Leurs regards se croisèrent. Ses splendides yeux noisette piqués d'or s'arrondirent. De surprise, ou parce qu'elle l'avait reconnu ? Le lamé doré, comme peint sur ses seins, les rendait encore plus spectaculaires de près. Portait-elle un soutien-gorge ? Luke retint son souffle.

Elle était vraiment à se damner. Mille fois plus belle et raffinée que toutes les filles qu'il avait embrassées au lycée. Il se força à relever les yeux vers son visage. Aucun doute, elle savait qui il était. Et le feu de ses joues suggérait qu'il ne la laissait pas indifférente. Il y avait autre chose aussi, qu'il ne parvenait pas à déchiffrer. Mais cela viendrait. Son intérêt redoubla.

— Bonsoir.

Il lui tendit une coupe et exulta en son for intérieur lorsqu'elle l'accepta. Il la désirait plus qu'il n'avait jamais désiré aucune femme. Cette nuit, elle serait sienne. Après tout, il avait toujours eu toutes les filles qu'il voulait, même quand il était le garçon dont les lycéennes bien élevées avaient pour ordre de rester à l'écart. Et il s'était bonifié avec le temps. Mais d'abord, il tenait à percer tous les secrets contenus dans ces jolis yeux méfiants.

— Santé, *chère*, lança-t-il avec les manières cajuns que sa mère lui avait inculquées enfant.

Il fit tinter sa coupe contre la sienne.

— Bravo pour avoir fait fuir Dan Carter. Ce type est une plaie. Vous l'avez échappé belle.

Luke Broussard ! En chair et en os !

— Vraiment ? bredouilla Cassie.

Elle but une gorgée du champagne offert par l'homme qu'elle tentait justement de repérer depuis son arrivée.

— Vous pouvez me croire.

Ses lèvres s'incurvèrent de façon si sensuelle qu'elle en vacilla sur ses talons hauts, qui lui faisaient souffrir le martyre depuis une heure. Bizarrement, elle ne sentait plus la douleur, hypnotisée par ce sourire mi-charmeur, mi-amusé, adressé à elle seule comme s'ils échangeaient une plaisanterie intime.

Était-elle en train de rêver ? Était-ce un effet du décalage horaire ? Ou peut-être du cocktail avalé trop vite pour se donner le courage d'engager la conversation ? Elle avait eu l'impression d'être là depuis une éternité, et aucun signe de Luke Broussard. Toutes les personnes qui le connaissaient répugnaient à parler de lui. Mais la robe choisie par Ashling avait du succès. Une ribambelle d'hommes l'avait abordée, de plus en plus entreprenants. Le dernier l'avait même tout de go invitée à passer la nuit sur son yacht. Cassie avait croisé assez d'hommes d'affaires américains pour savoir que la plupart étaient du genre direct. Mais lui… Elle s'était sentie souillée sous son regard lubrique.

C'était différent avec Luke Broussard. Dans ses yeux d'un vert saisissant dansait quelque chose qui mettait son esprit sens dessus dessous. Sa façon de la regarder l'attirait inexorablement. Elle avait envie de se laisser envoûter par son odeur masculine aux accents de pin. Par son approbation légèrement moqueuse. Ce n'était pas bon signe. Son accent aussi était différent. Rauque et traînant, moins âpre, dont les vibrations déclenchaient de délicieux frissons sur sa peau.

Les photos sur Internet ne lui rendaient pas justice. Elles ne faisaient ressortir qu'une beauté conventionnelle. En personne, il dégageait quelque chose de beaucoup plus sauvage avec sa mâchoire volontaire ombrée de barbe, son nez droit et ses pommettes ciselées. Une cicatrice lui lacérait le sourcil gauche, sous des cheveux noirs en bataille qui auraient mérité un passage chez le coiffeur. Son col de chemise ouvert révélait un début de tatouage – des barbelés ? – ajoutant quelque chose à son aura de virilité brute, aussi incongrue qu'elle dans ce décor sophistiqué. Son choc initial céda la place à la curiosité, doublée d'une étrange attraction sur laquelle elle préférait ne pas s'appesantir.

Cesse de le fixer comme une idiote ! Dis quelque chose ! D'intelligent, de préférence.

Elle but un peu de champagne, histoire de gagner du temps. Qu'il l'ait lui-même abordée était une aubaine. Une occasion en or de servir les intérêts de Temple Corp. Alors pourquoi avait-elle l'impression de flotter dans un rêve aussi dangereux qu'excitant ?

— Une plaie, je ne sais pas, répondit-elle, ayant enfin repris ses esprits. Disons qu'il s'est montré plutôt direct.

— Direct ?

Broussard arqua un sourcil comme si elle avait dit quelque chose d'amusant.

— C'est-à-dire ?

— Il m'a invitée à passer la nuit sur son yacht. Son énorme yacht, cita-t-elle.

— Très classe. Qu'avez-vous répondu ?

— Que ce n'était sans doute pas une bonne idée, étant donné que j'ai déjà le mal de mer en pédalo.

Le sourire de Luke fit voler des papillons dans son ventre.

— En quoi ?

— En pédalo. Vous savez, un petit bateau à flotteurs qu'on propulse en pédalant, en général sur un lac…

Elle s'interrompit. Bon sang, qu'est-ce qui lui prenait de lui réciter la définition du pédalo ?

— Intéressant, commenta-t-il poliment. Vous êtes anglaise, n'est-ce pas ?

— Qu'est-ce qui m'a trahie ?

L'étincelle dans ses yeux verts lui donna le vertige.

— Votre charmant accent. Et votre teint de pêche.

Un teint de pêche qui vira aussitôt au rouge tomate.

— Vous êtes adorable quand vous rougissez, *chère*.

Cassie s'empourpra un peu plus. Le soleil avait sombré dans la baie de San Francisco. Des torches éclairaient à présent les jardins, entourés d'un arboretum où se côtoyaient fougères mésoaméricaines et impatiens d'Afrique, d'après les plaques qu'elle avait lues pendant qu'elle rassemblait le courage de parler aux gens. Même à la faible lueur des flammes, il avait remarqué son rougissement. Cassie était mortifiée. Pour ne rien arranger, sa gaucherie semblait l'amuser !

— Qu'est-ce que cela veut dire, *chair* ? demanda-t-elle, soucieuse de changer de sujet. On dirait du français.

— *Chère*, rectifia Luke. C'est du français cajun de Louisiane. Je suis originaire d'une petite ville dans le bayou, non loin de Lafayette.

C'était plus d'informations que tout ce qu'elle avait pu lire en ligne.

— Cela veut dire *darling*, ajouta-t-il. C'est ce qu'on dit à une jolie femme qui rougit.

Le cœur de Cassie s'emballa. Luke Broussard était-il en train de la draguer ? C'était si improbable qu'elle ne savait pas comment réagir. Oh ! elle avait son charme, bien sûr, et la robe d'Ash mettait sans conteste ses atouts en valeur. Mais elle regrettait plus que jamais son inexpérience en matière de sexe. Ce magma palpitant entre ses cuisses, était-ce normal ? Elle n'avait jamais ressenti de désir pour personne, et cela ne lui manquait pas. Sa carrière passait avant tout. C'était elle qui la motivait et la définissait, elle qui donnait un sens à sa vie. Cassie n'avait besoin de rien d'autre.

Jusqu'à ce que Luke Broussard pose les yeux sur elle.

Elle n'arrivait plus à penser, ses fonctions court-circuitées par les sensations nouvelles éveillant une à une ses terminaisons nerveuses.

— C'est… charmant, fut tout ce qu'elle trouva à répondre.

Luke s'esclaffa.

— Autant vous prévenir…

Son regard s'assombrit comme il lui effleurait la joue.

— Je suis tout sauf « charmant », *chère*.

Elle le croyait volontiers quand il disait cela de cette voix délicieusement rauque. Le contact léger de ses doigts enflamma les braises entre ses reins.

— Mon nom est Luke Broussard, de la société Broussard Tech, se présenta-t-il.

Comme si c'était nécessaire. Qui à San Francisco ne le connaissait pas ?

— Je sais, dit-elle.

— Alors vous avez l'avantage, car j'ignore qui vous êtes.

— Cassandra James. Je suis l'assistante de Zachary Temple, de Temple Corp.

Elle se mordit la lèvre. En avait-elle trop dit ? Après tout, elle était censée être là incognito, le temps de glaner assez d'informations pour conseiller Temple. À son grand soulagement, Luke demeura impassible.

— Ah, Temple Corp. J'en ai entendu parler.

De fait, il n'avait aucun moyen de savoir que Temple

envisageait d'investir dans sa société. Elle s'autorisa à se détendre un peu.

— Alors dites-moi, comment connaissez-vous Matt et Remy ?

Sa nervosité revint au galop. Elle songea à l'histoire qu'elle avait mise au point pendant son vol de onze heures. Puis quelque chose lui revint en mémoire. Un conseil qu'Ash lui avait donné un jour, alors qu'elles avaient filé en douce de la maison pour profiter d'une journée de liberté à Soho et s'étaient fait pincer à leur retour…

« Si tu dois mentir, colle au plus près à la vérité. »

— À vrai dire, je ne connais pas les mariés, admit-elle. Je suis là pour Temple, qui tenait à présenter ses respects, mais ne pouvait être là en personne.

Ce n'était pas un mensonge. Temple Corp était l'un des plus gros clients de Remy Carlton et Matt Donnelly. Temple séjournait toujours dans l'un de leurs hôtels lors de ses déplacements et avait bel et bien été invité au mariage.

Broussard hocha la tête mais semblait sceptique.

— C'est donc la nouvelle mode ?

— Quoi donc ? s'enquit-elle, en proie à une panique grandissante.

Elle n'était décidément pas faite pour l'espionnage. Comble de la gêne, ses tétons durcis pointaient tels deux obus sous son bustier. Pourvu qu'il ne remarque pas qu'elle ne portait pas de soutien-gorge !

— Se faire représenter par son assistante dans les soirées mondaines, clarifia-t-il en souriant. Peut-être devrais-je en engager une, moi aussi. Je déteste les mondanités.

— On ne dirait pas. Vous vous en sortez mille fois mieux que moi, laissa-t-elle échapper malgré elle.

Luke Broussard renversa la tête dans un grand rire, laissant mieux entrevoir le tatouage serpentant vers son omoplate, avant de planter à nouveau le regard dans le sien. Les papillons se multiplièrent dans le ventre de Cassie.

— Vous a-t-on déjà dit que vous étiez ravissante, Cassandra ?

Professionnelle, compétente, ennuyeuse comme la pluie, oui. Mais ravissante…

— Hum, non. Jamais.

Le sourire malicieux de Luke lui donnait un air presque enfantin contrastant avec son physique viril.

— Êtes-vous déjà venue ici avant aujourd'hui ? lui demanda-t-il.

— Non, c'est mon premier séjour à Frisco, répondit Cassie.

— De toute évidence.

— Qu'est-ce qui vous fait dire cela ?

— Si vous étiez déjà venue, vous sauriez ce que les habitants de San Francisco pensent de ce surnom, expliqua-t-il avec une grimace. Dites cela devant eux, et c'est l'aller simple pour Alcatraz. Je l'ai appris à mes dépens à mon arrivée ici.

— C'est bon à savoir, dit-elle dans un rire.

Étaient-ils en train de flirter ? Pourquoi ne faisait-elle pas cela plus souvent ? C'était agréable, d'autant qu'elle n'était pas si empotée que cela, tout compte fait.

— Que diriez-vous de nous esquiver ? lui proposa Luke en la débarrassant de sa coupe vide.

Il la posa sur un banc avec la sienne.

— Puisque ni vous ni moi n'avons envie d'être là… Je pourrais vous faire visiter la ville que personne n'appelle Frisco.

Son intonation intime ouvrait d'infinies possibilités, toutes aussi dangereuses les unes que les autres. L'occasion idéale d'en apprendre plus sur lui pour le compte de Temple, réfléchit Cassie. Mais ce n'était pas pour cette raison qu'elle était tentée d'accepter. La tête lui tournait. Elle se sentait… grisée. Détachée de la réalité. L'adrénaline lui faisait oublier son pragmatisme habituel. Elle considéra la main qu'il lui tendait, grande et bronzée…

« Il n'y a pas de mal à mélanger travail et plaisir. »

Les mots d'Ash résonnaient dans sa tête. Pourquoi pas ? Rien ne l'empêchait de s'amuser un peu pendant sa mission. C'était juste une balade en voiture, non ?

Elle soutint le regard de Luke et éprouva une étrange sensation, comme si elle s'apprêtait à sauter dans le vide. Elle saisit résolument sa main, avec une audace qu'elle ignorait posséder.

— Allons-y.

Ses doigts se refermèrent autour des siens, et il porta sa main à ses lèvres. Un geste galant contredit par la brûlante intensité dans ses yeux verts.

— *Laissez les bons temps rouler*, murmura-t-il dans un français aux accents de Louisiane.

Cassie n'avait pas la moindre idée de ce que cela voulait dire. Mais l'électricité dans ses veines oblitérait tout le reste, et elle se laissa entraîner à travers la foule.

2.

Luke était sous le charme. Non, ensorcelé. Il s'était surpris à prier pour qu'elle dise oui. Peut-être aurait-il dû s'en alarmer. Mais cela lui passa au-dessus de la tête lorsqu'il plaça une main dans le creux de son dos et la sentit frémir violemment.

Il ne savait toujours rien d'elle, si ce n'est qu'elle était anglaise et travaillait pour un milliardaire britannique dont il avait entendu parler, sans plus. Cela ne l'empêchait pas de brûler d'imprimer les lèvres sur sa nuque et d'inhaler son parfum. Cette façon qu'elle avait de rougir au moindre contact le fascinait. Cassandra James représentait un défi étonnamment stimulant. Malgré une évidente timidité en matière de sexe, elle semblait incapable de dissimuler son attirance pour lui.

Il trouvait cela… rafraîchissant, sans vraiment s'expliquer pourquoi. Il n'était pas de ceux qui prisaient l'honnêteté dans les relations d'un soir. Chacun avait ses secrets, lui plus que quiconque. Il respectait cela. Sexe et intimité étaient deux choses différentes. Du moins, pour lui. Mais cette femme l'excitait d'une façon allant au-delà du simple aspect physique.

Il remit son ticket de parking au jeune voiturier, qui réapparut quelques minutes plus tard au guidon de sa moto vintage 955cc. Luke l'avait restaurée lui-même l'hiver précédent. Cassandra écarquilla ses jolis yeux noisette.

— Vous plaisantez ! Je ne vais pas monter là-dessus !

Luke s'esclaffa. C'était plus fort que lui. Sa petite moue atterrée était tellement sexy.

— Pourquoi pas ? J'ai un deuxième casque, dit-il en tendant un billet de cent dollars au voiturier.

Il arrêta le garçon lorsqu'il fit mine de lui rendre sa monnaie.

— Garde tout. J'essaie d'impressionner cette jeune demoiselle.

Le voiturier empocha l'argent, un sourire jusqu'aux oreilles. Rien que pour cela, le geste en valait la peine.

— Merci, monsieur. C'est mon plus gros pourboire de la soirée.

— Je n'en doute pas, répondit Luke. Travailler pour les riches ne rapporte pas autant qu'on le croit, pas vrai ?

— Ce soir, si, monsieur, répondit le garçon avant de s'éloigner pour s'occuper d'un couple qui venait d'arriver.

— C'est très généreux de votre part, remarqua Cassandra.

— Comme je le disais, j'essaie de vous impressionner, plaisanta Luke.

Mais ses yeux plissés indiquaient qu'elle n'était pas dupe.

— Ce n'est pas la vraie raison, n'est-ce pas ? Vous vouliez faire plaisir à ce garçon. Avez-vous connu les mêmes petits boulots avant de fonder Broussard Tech ?

Luke avait l'habitude d'esquiver ce genre de questions indiscrètes. Il n'évoquait jamais son passé. Il n'aimait pas non plus qu'on le perce à jour si facilement. Quand était-il devenu aussi transparent ? Mais la perspicacité de la jeune femme lui délia la langue.

— Souvent, oui. D'après mon expérience, plus le client est riche, plus l'employé est invisible.

— Sauf pour vous.

Il hésita, stupéfié moins par l'approbation dans le regard de Cassandra que par son effet sur lui. Son cœur cognait beaucoup trop fort dans sa poitrine. Il ignora cette sensation inconfortable. Il avait une opération séduction à mener. Pas besoin d'impressionner la jeune femme, seulement de la convaincre d'enfourcher sa moto. Il la voulait frivole et grisée par la vitesse. Pas sincère et empathique.

Il ouvrit les sacoches et en sortit les casques.

— Tenez, dit-il en lui en tendant un.

Elle se mordit la lèvre, l'air incertain. Une nouvelle onde de désir le traversa.

— Je ne sais pas… Je ne suis jamais montée sur une moto. Est-ce dangereux ?

Tu n'as pas idée.

— C'est cela qui est excitant, non ?

Mais elle continuait à hésiter, les mains derrière le dos, comme si elle s'interdisait de mordre à l'hameçon. Même si elle semblait en avoir très envie. Une inspiration lui vint.

— J'ai une idée…

Sans crier gare, il retira les pinces retenant ses cheveux. La jeune femme poussa une exclamation et tenta de sauver sa coiffure. En vain. Sa chevelure odorante tomba en cascade sur ses épaules nues.

— Faites un tour à moto avec moi et, moi aussi, je ferai quelque chose que je n'ai jamais fait, proposa-t-il. Qu'en dites-vous ?

Elle fronça les sourcils. Sa confusion la rendait encore plus adorable.

— J'en dis qu'il n'y a sans doute rien que vous n'ayez jamais fait.

Bien vu.

— C'est faux, la détrompa-t-il en riant. Figurez-vous que je n'ai jamais laissé une femme monter sur ma moto.

— Vraiment ?

Surprise et délectation éclairèrent ses yeux. Cette réaction aurait dû l'ennuyer. Il n'aimait pas donner à une femme le sentiment qu'elle était spéciale ou différente, par crainte des malentendus. Mais la vérité était qu'aucune ne lui avait jamais donné envie de l'emmener sur sa moto. Il avait toujours été un loup solitaire. Il aimait rouler seul à travers la ville chaque fois qu'il était de passage à San Francisco. Qu'il ait proposé à Cassandra de l'accompagner ne signifiait rien. Il cherchait juste à la sortir de sa zone de confort, quitte à s'éloigner de la sienne aussi.

— Oui, vraiment, confirma-t-il. Vous serez ma toute première passagère.

La jeune femme prit un air déterminé qui lui plut.

— D'accord. Je suis partante, dit-elle enfin. Donnez-moi le casque.

— Laissez-moi faire.

Il rassembla les longues mèches châtains entre ses doigts, incapable de résister plus longtemps au besoin de la toucher. La caresse soyeuse de ses cheveux contre sa paume était addictive. Mais il dut bientôt les lâcher pour ajuster le casque sur sa tête et fermer la sangle sous son menton.

— Je dois avoir l'air ridicule, lança-t-elle alors qu'il enfilait son propre casque.

— Pas du tout.

Il l'aurait embrassée s'il s'était écouté. Mais il préférait prendre son temps. Tout ce qui en valait la peine se méritait. Et Cassandra James appartenait sans conteste à cette catégorie.

La brise marine souleva ses cheveux dépassant du casque et elle frissonna. Sans hésiter, il ôta sa veste de smoking pour la draper autour de ses épaules.

— Tenez, mettez cela. L'air se rafraîchit.

Sans être petite, elle flottait dans sa veste, dont elle tira les pans sur son magnifique décolleté. Dommage. Mais si la chance lui souriait, et que leur alchimie se confirmait, il en verrait bientôt beaucoup plus.

— Maintenant, j'ai vraiment l'air ridicule, marmonna-t-elle en remontant les manches trop longues. Mais merci.

Luke enfourcha sa moto et lança le moteur. La jeune femme sursauta.

— Pas de panique, la rassura-t-il. Elle ne mord pas, promis.

Mais, moi, si.

— Je ne sais même pas comment grimper là-dessus, admit-elle, l'air perplexe.

De nouveau, elle se mordit la lèvre, effaçant les dernières traces de son gloss. Il dut prendre sur lui pour surmonter le désir qui pulsait dans son aine.

Reste concentré, mon vieux, ou c'est l'accident garanti.

— Retroussez votre robe et coincez-la sous vos genoux quand vous serez assise, conseilla-t-il. Il y a une pédale sur le côté pour vous aider à monter.

Elle s'exécuta, dévoilant une longue cuisse galbée comme elle passait la jambe par-dessus le siège et se hissait sur la moto en s'agrippant à ses épaules.

— Accrochez-vous bien.

Deux bras fins s'enroulèrent autour de sa taille. Ses seins écrasés contre son dos mettaient ses sens en ébullition. Bon sang, il ferait bien de se contrôler ou cette balade allait virer au supplice !

Le casque de la jeune femme cogna contre le sien.

— Désolée, bredouilla-t-elle. Êtes-vous sûr de vouloir faire cela ? Je suis une vraie novice…

Ses cuisses fermes enserraient étroitement ses fesses. Jamais son sang-froid n'avait été mis à aussi rude épreuve.

— Sûr et certain.

Il lui frotta gentiment le genou pour la rassurer et se hâta d'enlever sa main, tant ce simple contact suffisait à l'électriser.

— Rappelez-vous juste de vous pencher avec moi dans les virages. J'irai doucement au début, le temps que vous vous habituiez. S'il y a un problème, criez.

Elle acquiesça, et leurs casques s'entrechoquèrent à nouveau.

— Prête, *chère* ?

— C'est parti ! s'époumona-t-elle par-dessus le vacarme du moteur.

Il entendit son exclamation étouffée lorsqu'il s'écarta du bord du trottoir. Son souffle chaud balayait sa nuque. Luke se surprit à sourire alors qu'il s'engageait sur Lincoln Way. Pourquoi n'avait-il jamais pensé à emmener une femme en virée à moto avant ?

— Mon Dieu !

Les bras autour de lui se resserrèrent comme il tournait à gauche sur Clayton. Les odeurs de la ville et de gaz d'échappement s'évaporaient derrière le parfum enivrant de la jeune femme. Luke ralentit à l'intersection animée de Haight Street.

— Nous sommes à Haight-Ashbury, cria-t-il par-dessus son épaule. C'est ici que les touristes viennent célébrer le Summer of Love avec un demi-siècle de retard.

Un rire cristallin s'éleva dans son dos.

— Cela me donne envie de chanter du Bob Dylan, plaisanta Cassandra.

Il rit à son tour. Voilà pourquoi il n'avait jamais invité d'autres femmes sur sa moto, comprit-il. Aucune ne l'avait jamais captivé comme Cassandra. Et il ne l'avait même pas encore touchée.

Cassie n'aurait jamais cru avoir la chance de visiter le vieux quartier hippie dont parlait son guide feuilleté dans l'avion. Elle n'en perdait pas une miette, émerveillée. Partout, des enseignes lumineuses signalaient des fripe-ries, des magasins de disques ou des salons de tatouage. Des jeunes gens se déversaient des innombrables bars et restaurants, dont les façades colorées s'alignaient en un arc-en-ciel psychédélique. Plus de cinquante ans après son âge d'or, l'endroit avait su préserver sa magie. Il régnait quelque chose d'exaltant dans l'air, une sorte d'électricité ambiante. À moins que ce ne soit le fait d'enlacer Luke Broussard sur sa moto qui lui fasse cet effet ?

Contrairement à Ash, Cassie n'avait jamais été populaire au lycée. Ni nulle part, d'ailleurs. Elle ne ressemblait pas à ces filles branchées que tout le monde admirait. Ce soir, le temps de quelques heures, elle pouvait croire qu'elle en était une.

Bientôt, ils quittèrent l'animation de Haight-Ashbury pour s'engager sur une colline au cœur d'un parc à la végétation luxuriante laissée au naturel. Au sommet, Luke coupa le moteur et enleva son casque.

— Descendez, lui lança-t-il. Il y a quelque chose que j'aimerais vous montrer.

Elle s'exécuta tant bien que mal. Son pouls s'accéléra lorsqu'il déboucla son casque et l'accrocha au guidon avec le sien.

— Où m'emmenez-vous ? lui demanda-t-elle, le cœur battant.

— Vous verrez bien.

Son sourire suave mit ses sens en émoi. Seigneur, comment faisait-il cela ? Avait-il un pouvoir secret sur la libido des gens ?

Luke lui prit la main et l'entraîna à travers le parc. Le plus vieux de la ville, affirmait le panneau qu'ils dépassèrent pour gravir un sentier perdu dans la verdure.

— Est-ce bien prudent de laisser vos casques sur la moto ? Ne risquent-ils pas d'être volés ? dit-elle, se raccrochant à son pragmatisme habituel.

Luke lui décocha un sourire amusé et haussa les épaules.

— Nous n'en avons pas pour longtemps. Et puis, j'en ai d'autres.

Évidemment. Tu parles à un milliardaire, Cassie !

À peine débouchaient-ils dans une clairière qu'il lui saisit les épaules et la fit pivoter sur ses talons.

— Admirez cela.

Cassie retint son souffle. La ville s'étalait tel un tapis de lumières dans la nuit tombante. La vue spectaculaire englobait toute la baie, où les néons blancs du Golden Gate Bridge illuminaient la voie jusqu'à l'autre rive.

— C'est magnifique, murmura-t-elle, assaillie par une inexplicable émotion. Vous devez adorer vivre ici.

Aucun homme ne lui avait jamais rien montré d'aussi beau. Et elle le connaissait à peine ! Mais pourquoi l'avoir emmenée ici ?

— Je n'habite pas à San Francisco.

Sa voix profonde vibra dans son dos, ricocha le long de sa colonne vertébrale. Une vive chaleur inonda Cassie. Elle se retourna pour lui faire face.

— Ah non ? Pourquoi ? Cette ville est fabuleuse !

— J'y ai un appartement, précisa-t-il. Mais ce n'est pas chez moi.

— Et c'est où, chez vous ?

Cassie brûlait d'en savoir plus, et pas pour son rapport destiné à Temple. Il y avait bien longtemps que sa mission lui était sortie de la tête.

— Je possède une île au large de l'Oregon.

Il fronça les sourcils, comme s'il n'avait pas eu l'intention d'en dire autant. Mais elle n'eut pas le temps de s'attarder sur sa réaction. Déjà, il lui prenait la main pour rebrousser chemin.

— Où allons-nous, maintenant ? demanda-t-elle lorsqu'ils furent devant la moto.

Elle se sentait légère et insouciante, excitée comme une gamine. Un comble, elle qui avait été tout l'inverse enfant, anxieuse et timorée.

— Surprise, éluda-t-il.

Son pouls s'emballa de nouveau quand il boucla son

casque. Puis elle monta derrière lui, et ils repartirent. Accrochée à sa taille, elle se penchait d'instinct avec lui dans chaque virage à présent, telle une motarde accomplie. Ils traversèrent ces quartiers pentus typiques de San Francisco avec leurs rangées de maisons mitoyennes colorées, pour finir par déboucher sur une voie très fréquentée descendant vers la baie. Alors qu'ils plongeaient dans un tunnel, Cassie s'aperçut qu'elle n'avait jamais laissé personne la guider ainsi à l'aveuglette. Mais collée à Luke Broussard, étourdie par sa force virile, elle l'aurait suivi au bout du monde.

Lorsqu'ils émergèrent du tunnel, son cœur manqua un battement. Le Golden Gate Bridge se dressait fièrement au-dessus d'eux, rougeoyant contre le ciel crépusculaire, comme embrasé par les lumières de la circulation. Cassie en avait le souffle coupé. Elle jeta un regard par-dessus son épaule, vers la ville qu'ils laissaient derrière eux, avant de se blottir contre Luke. Ce soir, elle vivait un fantasme éveillé dans lequel elle se laissait volontiers aspirer. Elle n'était plus Cassandra James, assistante dévouée à son travail, mais Cassandra James, femme libérée et rebelle de la nuit.

Le trajet passa trop vite. Des collines se découpaient maintenant devant eux, semblables à des géants endormis, marquant la rive toute proche comme ils dépassaient le dernier pylône du pont suspendu. Ils quittèrent la route principale, firent plusieurs détours par des parcs et des petites rues, pour finalement s'engager dans une marina baignée de brume.

Luke se gara au bout du ponton, près d'un bosquet de palmiers, et la moto se tut. Ils restèrent assis dans la pénombre, le silence entre eux seulement troublé par un lointain écho de musique techno. Luke enleva son casque et se retourna pour l'aider à ôter le sien.

— Descendez, lui intima-t-il.

D'une voix tendue, nota Cassie. Et ses yeux verts avaient

perdu leur éclat malicieux. Avait-elle fait quelque chose de mal ?

Elle dut prendre appui sur ses épaules pour mettre pied à terre, dans un enchevêtrement de lamé qui accentua son embarras. Un frisson la parcourut et elle resserra la veste de Luke autour d'elle. Cette veste qu'il lui avait prêtée en début de soirée, quand elle était encore cette fille raisonnable qui pour rien au monde n'accompagnerait un inconnu sur sa moto.

— Il y a un problème ? s'enquit-elle.

Une flamme mystérieuse s'alluma dans son regard.

— À vrai dire, oui.

Sans crier gare, il lui saisit le poignet et l'attira à lui. Elle se sentit brusquement enveloppée par sa chaleur. Son odeur aussi, mélange enivrant de masculinité et de savon au pin. Le désir pulsa entre ses cuisses comme il lui levait le menton.

— J'ai tellement envie de vous embrasser que je ne pense plus à rien d'autre.

L'intensité de sa voix se réverbéra au cœur de sa féminité. Ses lèvres ne planaient plus qu'à quelques centimètres au-dessus des siennes…

— Dites-moi que vous aussi, Cassandra.

Elle aurait pu démentir. Sans doute aurait-elle dû le faire. Mais c'aurait été un mensonge.

— Oui.

Sa bouche captura aussitôt la sienne dans un baiser brûlant, sans concession. Mais un baiser plus enjôleur que dominateur. Là où elle attendait une maestria éprouvée, elle ne trouva qu'une soif désespérée. Aucun homme ne l'avait jamais embrassée ainsi. Sa langue dansait avec la sienne, taquinait, explorait. Cassie s'accrochait à lui plus fort encore que sur sa moto, bombardée de sensations inédites qui lui donnaient le vertige. Le désir au creux de ses reins redoubla, si réel tout à coup qu'il en devenait douloureux.

Luke recula la tête le premier. Il écarta les pans de sa veste pour lui enlacer la taille et la plaquer contre lui. Le relief de son érection pressait avec insistance contre son bas-ventre à travers leurs vêtements. La Cassie d'avant aurait été choquée. La nouvelle Cassie frémissait d'excitation.

Pourquoi tout cela lui semblait-il si naturel ? Si incroyablement exaltant ? Était-ce le décalage horaire ? Les quelques verres qu'elle avait bus ? La folle virée à moto ? Ou seulement la sensation grisante d'être désirée avec la même ardeur que celle qui la consumait, elle ?

— Mon hydravion est amarré ici. Je peux appeler un taxi qui vous reconduira à votre hôtel… Ou vous pouvez m'accompagner à Sunrise Island.

Il promena un index le long de sa joue et un feu liquide déferla dans ses veines.

— Une nuit, souffla-t-il. Et je vous ramène demain matin.

Le message était clair. Il s'agissait seulement d'assouvir ce violent désir entre eux surgi de nulle part. Cassie ravala une inexplicable pointe de déception.

— Je n'ai jamais rien fait de tel, murmura-t-elle.

— Tel que quoi ?

Tel qu'avoir une aventure d'un soir. Ou même une aventure tout court. Mais l'avouer serait humiliant. Changerait-il d'avis s'il savait qu'elle n'avait aucune expérience ?

— Je n'ai jamais rien fait d'aussi spontané, dit-elle, optant pour une réponse moins compromettante.

— Alors il était temps que j'arrive, dit-il avec ce petit rire guttural qui la mettait dans tous ses états.

Il porta sa main à ses lèvres et lui suça langoureusement le pouce, avant de le mordiller. Ce geste sensuel donna le coup de grâce à son self-control.

— Il n'y aura aucune conséquence, promis.

Son regard happa le sien, brillant de désir.

— Tout ce que je vous propose est de passer un peu de bon temps.

Le cœur de Cassie battait la chamade. Elle hocha la tête avant de changer d'avis. Avant de se laisser envahir par le doute et redevenir la petite fille sage qui n'enfreignait jamais les règles.

— Alors emmenez-moi.

3.

— C'est la première fois que je monte dans un hydravion ! cria Cassie dans le micro attaché à son casque.

Dans un vrombissement de moteur, l'appareil s'élança sur l'eau et prit de la vitesse.

— Cela veut dire que vous me devez une autre première fois…

Luke sourit.

— Non. Il se trouve que vous êtes la première femme à monter à bord de cet avion.

Cassie ne le croyait qu'à moitié. Ce qui n'empêcha pas son cœur de bondir quand l'appareil s'éleva dans les airs. Ils survolèrent le Golden Gate Bridge puis virèrent vers la droite, profitant d'une vue panoramique sur Oakland et San Francisco nichés dans les collines. Cassie avait des étoiles dans les yeux, qu'elle plissait pour essayer de localiser les lieux qu'ils avaient traversés ensemble. Bientôt, ils s'éloignèrent vers le large, laissant les lumières de la ville derrière eux.

L'air lui manquait, mais pas à cause du paysage défilant sous leurs pieds. C'était Luke qui lui coupait le souffle, le front plissé sous l'effet de la concentration tandis qu'il manœuvrait les commandes avec l'aisance d'un pilote professionnel.

Ash n'en reviendrait pas si elle me voyait en ce moment.

— Tout va bien ? s'enquit Luke.

— Oui, on ne peut mieux.

Pourquoi avait-elle attendu si longtemps pour faire cela ?

— Combien de temps faut-il pour atteindre l'île ? lui demanda-t-elle, partagée entre deux sentiments contradictoires.

L'envie que ce vol ne s'arrête jamais et l'impatience de retrouver les bras de Luke. Quelle meilleure façon de lâcher prise pour une nuit ? C'était mille fois plus risqué que fumer des cigarettes en douce à l'internat ou rendre son devoir avec trois heures de retard. Ou compter sur sa colocataire pour récupérer le smoking de son patron.

Cassie poussa un soupir en se remémorant la déferlante de messages sur son portable quand elle l'avait rallumé à l'aéroport. Une dizaine de Gwen, harcelée par Temple attendant désespérément son smoking. Et un de Temple lui-même.

> Désastre évité. Laisse ta colocataire en dehors de nos affaires, à l'avenir.

Qu'Ash lui fasse faux bond n'était pas sans précédents. Mais Cassie n'avait découvert le problème qu'à 2 heures du matin, heure britannique, trop tard pour appeler Temple et se répandre en excuses. Ou dire à Ash sa façon de penser pour s'être débinée. Elle s'était contentée d'envoyer un texto à son amie depuis le mariage avant d'éteindre son portable. Dieu merci, Temple n'était pas du genre rancunier. Depuis que Luke l'avait abordée, toute cette histoire lui était complètement sortie de la tête.

— Il faut compter environ une heure, répondit-il par-dessus le vacarme du moteur.

— Oh… J'ai hâte de découvrir l'endroit. Pourquoi vous êtes-vous installé là-bas ?

Cassie s'efforçait de faire la conversation pour oublier sa nervosité grandissante.

Alors tu vas vraiment le faire ? Avoir une aventure avec un inconnu sur son île privée ?

Le silence prolongé de Luke l'interpella. Elle tourna la tête vers lui. Un pli creusait son front, comme quand il lui avait parlé de son île malgré lui.

— J'aime ma tranquillité, dit-il enfin.

La vue époustouflante des côtes de l'Oregon lui apporta une distraction bienvenue. Mais plus le voyage avançait, plus son estomac se nouait.

Qu'est-ce qui lui avait pris d'accepter une relation sans lendemain avec Luke Broussard, alors qu'elle assistait au mariage de ses amis sous un prétexte fallacieux ? Devait-elle lui parler de Temple et de son intérêt pour Broussard Tech ? Ce ne serait guère professionnel d'aborder le sujet maintenant.

Aussi peu professionnel que de le suivre à moto, l'embrasser à pleine bouche et accepter de passer la nuit avec lui sur son île ?

Elle cilla, rattrapée par la froide réalité. Elle qui s'était sentie si aventureuse à la marina, si spontanée… Le choix avait paru tellement simple, alors. Soudain, elle se demandait si elle n'avait pas commis une terrible erreur.

Luke amerrit à l'est de Sunrise Island et attacha l'hydravion dans la petite crique au pied de la villa. Le flotteur tapa contre le ponton alors que les premières gouttes de pluie clapotaient sur le fuselage.

— Une tempête se prépare…

Il se tourna vers sa passagère qui était restée silencieuse durant la dernière demi-heure du voyage. Elle n'était pas la seule. Pourquoi diable l'avoir invitée sur l'île ? Il avait proposé cela sur un coup de tête, guidé par sa libido au mépris de toute prudence. Ou peut-être par la réaction de la jeune femme lorsqu'il lui avait fait découvrir son point de vue préféré dans Buena Vista Park. Son émotion sincère lui avait donné envie de lui en montrer plus. Et c'est ainsi qu'il s'était retrouvé à traverser la baie vers Sausalito.

Il possédait pourtant un *penthouse* à San Francisco, non loin des Jardins Botaniques. Un appartement luxueux doté de tout le confort moderne, aménagé pour une somme astronomique par une équipe de décorateurs d'intérieur multi-récompensée dans l'un des quartiers les plus chics de la ville. C'était toujours là qu'il emmenait ses conquêtes. Mais le corps voluptueux collé contre le sien alors qu'ils fendaient la nuit à moto avait court-circuité ses sens et, sans réfléchir, il avait pris la direction de la marina.

Trop tard pour regretter sa décision, à présent. Avec la tempête qui s'annonçait, ils étaient de toute façon bloqués sur l'île pour la nuit. Autant la passer de manière agréable.

— Allons nous mettre à l'abri, dit-il en décrochant sa ceinture. Les ouragans se lèvent très vite, par ici.

Cassandra ne faisant pas mine de bouger, il lui déboucla sa ceinture aussi. Alors qu'il allait ouvrir la porte, elle le retint par le bras.

— Luke, attendez… Il faut que je vous dise quelque chose. J'aurais dû vous en parler dès le début, quand j'ai accepté de vous suivre ici…

La jeune femme avait l'air inquiète. Paniquée, même. Comme si elle avait mauvaise conscience. Il ne l'en désirait que davantage. Il s'en voulut de cette réaction déplacée, plus digne d'une certaine personne qu'il méprisait.

— Cassandra, n'ayez crainte, dit-il en lui levant gentiment le menton. Être ici ne vous engage à rien.

Son regard glissa furtivement vers l'affriolant décolleté visible entre les pans de sa veste. Il prit une grande inspiration, optant pour la franchise.

— Je ne vais pas vous mentir. Je veux vous entendre crier de plaisir pendant que j'explore votre corps toute la nuit…

Il sourit en la voyant rougir.

— Et vous séduire jusqu'à ce que vos joues soient en feu.

— Elles le sont déjà, murmura-t-elle.

Il rit et promena un index le long de sa joue. Leur alchimie était indéniable, intense et bien réelle. C'était cela qui avait motivé son invitation, rien d'autre.

— En effet, confirma-t-il. Mais je le répète, vous ne me devez rien. Ma villa compte cinq chambres. À vous de choisir dans laquelle vous voulez passer la nuit.

Il se força à laisser retomber sa main. Si elle avait changé d'avis, il ne lui mettrait aucune pression. Ce serait donner trop d'importance à ce qui était censé n'être qu'une banale aventure d'un soir.

Elle cilla, l'air stupéfait.

— Je… Merci. C'est très galant de votre part.

Galant ? Il tenta vainement d'étouffer le rire qui lui montait à la gorge.

— Qu'ai-je dit de si drôle ?

— Une autre première pour moi. Personne n'a jamais loué ma galanterie. C'est vous qui m'en devez une, maintenant.

Ses yeux noisette s'arrondirent.

— Vous êtes sûr ? Peu d'hommes se montreraient aussi compréhensifs après avoir parcouru des centaines de kilomètres pour me mettre dans leur lit.

Un nouveau rire lui échappa, cette fois pour dissimuler sa gêne.

— Sûr à cent pour cent. Aucune femme ne m'a jamais trouvé galant.

— Alors ce sont des idiotes, décréta Cassandra.

— Peut-être. Mais c'est toujours moi qui mène le score, répliqua-t-il avec une légèreté forcée.

N'importe quoi pour dissiper cet étrange pincement dans sa poitrine. Le même que lorsqu'elle l'avait complimentée pour sa générosité envers le voiturier, ou quand elle l'avait regardé comme s'il lui avait offert le plus précieux des trésors au Buena Vista Park. Il n'était pas galant. Loin de là. Et cela lui convenait. Il prit sa main et y déposa un baiser. Il était temps de remettre cette soirée sur les rails. Si c'était de la galanterie qu'elle voulait, il savait faire semblant.

— Prête à me suivre ? lança-t-il d'un ton volontairement lascif.

La jeune femme s'empourpra.

— Comme si le doute était encore permis… Mais ce n'est pas de cela que je voulais vous parler, bredouilla-t-elle. C'est en rapport avec mon travail pour Zachary Temple. Si je suis ici, c'est parce que…

Il posa un index sur ses lèvres.

— Chut. Ce n'est pas important.

Luke avait entendu parler de ce milliardaire britannique, réputé pour son flair en matière d'investissement. Autrefois, il aurait dû se mettre à genoux devant un homme comme lui. Plus maintenant. Dieu merci, il avait su s'imposer sur le marché international et connu une croissance fulgurante qui avait fait exploser son chiffre d'affaires. Craignait-elle qu'il ne cherche à lui soutirer des informations sur son patron ou à quémander un investissement ? Il devrait se sentir insulté. Il n'avait plus besoin d'impressionner les Temple de ce monde, ni ne mélangeait plaisir et travail. Sa société prospérait en raison des produits de qualité qu'elle proposait, uniques et novateurs. Pas parce qu'il se servait du sexe pour développer ses intérêts.

Mais étrangement il ne ressentait aucun affront. Ce n'était pas de lui que Cassandra doutait, mais d'elle-même, soupçonnait-il. Jamais il n'avait rencontré une femme comme elle, époustouflante sans en avoir conscience. Peut-être était-ce ce qui le charmait le plus chez elle. Mais pas question de laisser ses hésitations compromettre leur soirée. Encore moins maintenant que l'ouragan se levait pour de bon.

— Vraiment ? persista-t-elle. Je ne veux pas coucher avec vous sous de faux-semblants.

Seigneur. Si elle commençait à parler sexe avec cet accent anglais délicieusement guindé, il ne répondait plus de rien.

— Cassandra, en ce qui me concerne, j'ai laissé mes intérêts professionnels à San Francisco. Ce qui se passe ici ce soir ne regarde que nous.

Elle se mordit la lèvre, visiblement décidée à le tourmenter jusqu'au bout.

— D'accord. Si vous êtes sûr de vous…

— Sûr et certain.

Il lui prit d'autorité la main.

— Maintenant, filons à la villa avant d'être pris dans le déluge.

Trop tard.

Cassie suivit Luke tant bien que mal sous une pluie battante. Mais c'était une pluie chaude et revigorante qui emportait ses derniers doutes pour ne laisser en elle qu'une volonté réaffirmée de rendre cette soirée inoubliable.

Le soulagement l'envahit à la vue de la maison, illuminée par le même éclairage solaire que celui de l'escalier taillé à même la colline. Le vent soufflait à présent en violentes rafales. L'océan Pacifique bouillonnait au pied de la structure moderne tout en verre et acier, granite et bois rouge, qui jaillissait de la falaise en terrasses superposées, se fondant harmonieusement dans le paysage de roches volcaniques et de forêt dense.

Mon Dieu.

L'endroit devait être paradisiaque de jour, avec sa vue sur la mer et les vagues frappant les rochers. Mais de nuit, sous la tempête, il se parait d'une aura irréelle digne d'un décor de cinéma.

Cassie était essoufflée lorsqu'ils atteignirent une large porte voûtée. Luke l'abrita de son corps pendant qu'il tapait le code d'entrée. La pluie ruisselait sur son visage, trempant sa chemise, dévoilant par transparence le relief de pectoraux sculptés parsemés d'un duvet viril. Le cœur de Cassie cognait à tout rompre.

Enfin, la porte s'ouvrit. Luke l'invita à l'intérieur et appuya sur l'interrupteur. Un éclairage feutré révéla une fabuleuse pièce à vivre cathédrale au bout du couloir d'entrée, haute de deux étages, avec une immense baie vitrée remplaçant tout un mur. Cassie entrevit de moelleux canapés autour d'une cheminée en granite, une cuisine ouverte dernier cri, ainsi qu'un escalier en colimaçon menant à une mezzanine. La villa de Luke Broussard était à son image : unique, audacieuse, absolument à couper le souffle.

La porte se referma sur le tumulte de la tempête, réduit au son assourdi de la pluie battant les vitres. Seule sa respiration saccadée troublait le silence. Et celle de Luke. Son regard se fixa malgré elle sur son torse musclé visible sous sa chemise mouillée.

— Tout va bien ? s'enquit-il en essuyant du pouce la pluie sur ses lèvres.

— Oui…

Un violent frisson l'agita, moins à cause de ses vêtements trempés que de la décharge électrique déclenchée par ce simple contact.

— C'est splendide, chez vous, commenta-t-elle, soucieuse de meubler le silence.

— Content que cela vous plaise.

La note d'ironie dans sa voix fit monter sa panique d'un cran. Bon sang, que faisait-elle ici ? Elle n'y connaissait rien en sexe ou en aventures d'un soir. Elle n'avait jamais fait l'amour, encore moins avec un homme aussi charismatique que Luke Broussard. Allait-elle se ridiculiser complètement ? Et si elle n'était pas à la hauteur ? Si elle se décevait elle-même ?

À quoi pensait-elle ? Elle n'était pas une femme libérée, ni une aventurière du sexe ! Juste une petite assistante quelconque, qui ne savait même pas comment se satisfaire elle-même. Alors satisfaire un homme comme Luke Broussard…

— Cassandra…

Luke lui leva le menton et l'obligea à le regarder.

— Vous réfléchissez trop.

Elle émit un petit rire.

— Oui. C'est une manie, chez moi.

Ses doigts s'enroulèrent autour de sa nuque, et il la poussa contre le mur de l'entrée. Son odeur l'entourait, l'intoxiquait, une odeur de pin, de pluie et de désir. Cassie posa les mains sur sa taille, traversée par une flèche de feu en sentant ses abdominaux se contracter. Elle croisa son regard, tiraillée entre appréhension et anticipation.

— Fermez les yeux, Cassandra.

Elle obtempéra. Ses lèvres sur les siennes lui arrachèrent un soupir comme elle rendait les armes. D'instinct, elle lui livra passage, puis le laissa faire lorsqu'il lui pencha la tête pour approfondir leur baiser. Toute pensée déserta son esprit, sauf une. Lui. Elle le voulait là, maintenant. Tant pis si elle fichait tout par terre.

Enhardie, elle chercha sa langue de la sienne. Des étincelles crépitaient partout où leurs corps se touchaient. Pour la première fois de sa vie, elle s'autorisait à échouer. Luke fit glisser sur ses épaules sa veste trempée qui tomba à terre. Il lui agrippa la taille et la souleva.

— Nouez vos jambes autour de moi, lui enjoignit-il contre ses lèvres.

Elle obéit et s'accrocha à ses épaules tandis qu'il traversait le salon pour s'engager dans l'escalier. L'ouragan dehors reflétait celui qui se déchaînait en elle. De folles sensations l'assaillaient de toute part. Alors qu'ils émergeaient dans la mezzanine, un éclair illumina la crique en contrebas et la forêt fouettée par le vent. Le cœur de Cassie battait la chamade. Elle détestait le noir, d'habitude. Une vieille terreur d'enfance dont elle avait toujours eu honte. Mais elle n'éprouvait aucune anxiété, en cet instant. Seulement une vive excitation.

— Lumière ! lança Luke à voix haute.

La pièce s'illumina, chichement meublée, dominée par sa vue spectaculaire sur l'océan et les lumières de la côte au loin. Puis Cassie aperçut son reflet dans la glace. Elle enfouit le visage dans le cou de Luke, mortifiée. Avec sa robe et ses cheveux dégoulinants, de quoi avait-elle l'air ?

Sur un nouvel ordre de Luke, la lumière se tamisa et il la posa à terre, une main toujours sur sa taille. Elle chancela sur ses jambes mal assurées. Mais lorsqu'il reprit sa bouche avec fougue, elle sut combien il avait envie d'elle. Autant qu'elle avait envie de lui. Il prit les choses en main et caressa ses courbes, faisant naître une infinité de sensations sur sa peau frissonnante. Elle suivit son exemple en enfonçant les doigts dans ses cheveux, son corps plaqué contre le sien. Heureusement que l'un d'eux savait ce qu'il faisait !

Il interrompit leur baiser et recula pour l'étudier. La panique s'empara d'elle. S'était-elle trahie ? Avait-il déjà deviné quel imposteur elle était ?

— Comment est-ce qu'on enlève ce truc ?

L'impatience dans sa voix la fit rire.

— Comme cela, dit-elle, rassurée, en cherchant le curseur de la fermeture Éclair dans son dos.

Mais il la devança.

— Laisse-moi faire. Je rêve de t'enlever cette robe depuis le début de la soirée.

Son froncement de sourcil concentré céda la place à une expression de pur désir comme il baissait les fines bretelles sur ses épaules, les effleurant au passage. Sa résolution redoubla.

Fonce, Cassie. Pas de regrets.

Le lamé trempé glissa sur sa taille, la laissant seins nus.

— Pas de soutien-gorge…

Un grognement appréciateur accompagna ce constat. Par réflexe, elle couvrit sa poitrine de ses bras.

— Non, murmura-t-il, quelque part entre l'ordre et la supplique.

Gentiment, il lui saisit le poignet et écarta ses bras. Son regard de braise sur elle la marquait tel un fer rouge. Ses tétons, déjà durcis par le froid, se tendirent douloureusement. Il en caressa un du pouce, puis l'autre, comme hypnotisé.

— Tu es si belle…

Leurs regards se happèrent, et une étrange émotion fleurit au creux de son ventre. Elle frissonna.

— Tu as froid, *chère* ?

Elle fit non de la tête, incapable de parler. Ce n'était qu'une aventure d'un soir. Alors pourquoi les choses devenaient-elles si intenses, tout à coup ?

Un sourire étira les lèvres de Luke.

— Laisse-moi te réchauffer quand même.

Elle gémit, chavirée, lorsqu'il pencha la tête et aspira un téton entre ses lèvres. Ses doigts plongèrent d'eux-mêmes dans ses cheveux, pour presser son visage contre ses seins autant que pour ne pas défaillir. Le plaisir la submergeait, frôlant le supplice, sous les assauts de sa langue. Il continua à sucer ses mamelons, encore et encore, jusqu'à ce que tout son corps réclame plus.

Enfin, il tira sa robe sur ses hanches, avant de s'agenouiller pour l'en débarrasser complètement. Il dénoua la lanière de sa première sandale, puis de la seconde, et effleura la marque là où le cuir avait frotté trop durement contre son talon.

— Cela doit faire mal, non ?

Mais Cassie ne sentait plus la douleur. Plus depuis des heures. Seule existait la caresse des doigts de Luke faisant glisser sa petite culotte le long de ses jambes. Cramponnée à ses épaules, elle leva un pied après l'autre, totalement nue à présent. Luke, lui, était encore tout habillé. Quand il se redressa, elle ne lui arrivait pas plus haut que l'omoplate. Jamais elle ne s'était sentie aussi vulnérable. Mais le désir l'emportait sur tout.

— Tu es trop habillé, se plaignit-elle en couvrant sa poitrine, encore humide de ses baisers.

Ni une ni deux, il ôta sa chemise, qu'il fit passer par-dessus sa tête sans prendre la peine de la déboutonner. Ses muscles jouèrent sous sa peau bronzée, marquée de plusieurs petites cicatrices. Le motif sur son omoplate n'était pas du fil barbelé, découvrit-elle, mais des épines entrelacées. D'autres tatouages ornaient son corps. Un oiseau sur son biceps, et une ligne de texte en français – cajun, certainement – scindant ses tablettes de chocolat. Elle n'avait pas eu le temps de la déchiffrer qu'il jetait ses chaussures de côté, débouclait sa ceinture et baissait pantalon et boxer.

Son érection massive jaillit de l'épais duvet à sa base. La bouche de Cassie s'assécha, en même temps qu'une douce moiteur se répandait entre ses cuisses. Elle tendit la main et effleura son membre qui palpita sous ses doigts. Luke étouffa un juron et écarta sa main.

— Stop.

— Désolée, balbutia-t-elle. Je ne voulais pas…

— Ne t'excuse pas, la coupa-t-il d'une voix rauque. Mais faisons l'impasse sur les préliminaires pour cette fois, d'accord ?

« Pour cette fois ? » Parce qu'il y en aurait d'autres ? Pourquoi cette idée la comblait-elle de joie ? Elle n'eut pas le temps de s'attarder sur la question. Il l'allongea sur le lit et la cloua sous le poids de son corps, tout en fouillant dans le tiroir de la table de nuit. Il en sortit un préservatif dont il déchira l'emballage avec les dents. Elle le regarda mettre la protection en place, prête à l'accueillir en elle. Mais il la surprit en plaquant les mains sur ses hanches pour enfouir le visage entre ses jambes. Ses lèvres tracèrent un sillon de sulfureux baisers à l'intérieur de sa cuisse.

— Ah ! cria-t-elle, incapable de former la moindre phrase ou pensée cohérente.

Son pouce localisa le bourgeon sensible de sa féminité, et il souffla dessus, juste avant que sa langue ne s'insinue entre ses lèvres intimes.

— S'il te plaît !

Ses plaintes devenaient de plus en plus aiguës. Elle le suppliait, la respiration coupée par l'intense plaisir qui pilonnait son corps.

— Luke, s'il te plaît…

— S'il te plaît quoi ?

Il leva les yeux, un sourire malicieux aux lèvres.

— Tu es délicieuse, *chère*. Tu le sais ?

— Je… Vraiment ?

Son petit rire l'embarrassa. Elle se sentait ridicule. Pas pour longtemps, car Luke avait repris ses caresses langoureuses, juste au bon endroit. Elle s'arqua dans un concert de gémissements. Sa langue et ses lèvres la mettaient au supplice. Elle se tortillait pour s'échapper, tout en espérant que cela ne s'arrête jamais. Mais Luke la maintenait fermement pendant qu'il faisait opérer sa magie sur elle. Le plaisir montait, impossible à arrêter…

Son corps se cambra, tendu vers l'orgasme qui la frappa avec la même force que les vagues contre les rochers sous eux. Elle explosa en une infinité d'étoiles propulsées au firmament, avant de retomber sur le matelas, hébétée, comme flottant en apesanteur. Le visage de Luke apparut au-dessus du sien.

— Encore, susurra-t-il.

Il repositionna ses hanches, son érection nichée contre son sexe. Elle n'eut pas le temps de se préparer qu'il plongeait en elle d'un coup. Cassie tressaillit. Elle sentait sa chair étirée au maximum, emplie tout entière. C'était trop. Trop immense, trop tout. Luke s'immobilisa pendant qu'elle tentait de s'habituer à la sensation.

— Tu es si étroite, remarqua-t-il, la voix éraillée. Tout va bien ?

Elle hocha la tête. Ses muscles intimes convulsaient autour de son membre. Mais, Dieu merci, la douleur commençait à s'estomper. Luke fronça les sourcils, son expression entre choc et perplexité.

— Tu n'es pas vierge, au moins ?

Elle fit vigoureusement non de la tête. Soudain, elle préférait qu'il ne sache pas la vérité. Ce serait sacraliser un moment qui n'était pas censé revêtir autant d'importance. Mais il resta immobile, scrutant son visage avec attention.

— Je t'assure, insista-t-elle. C'est juste que cela fait un moment.

Elle s'en voulait de lui mentir. Mais elle détestait ne pas se sentir à la hauteur de ses attentes. Cela lui rappelait trop de mauvais souvenirs d'enfance. Luke parut accepter son explication et se mit enfin à bouger. Une émotion inconnue nouait la gorge de Cassie. Le plaisir se ralluma en elle, d'abord simple étincelle, puis lave incandescente se propageant dans tout son être. Il augmentait sous les va-et-vient de Luke, qui imprimaient à son corps un vertigineux crescendo, la poussant à nouveau au bord de l'abîme.

Elle se cramponna à lui comme sur sa moto. Ses doigts glissaient sur sa peau moite de sueur. Les râles de Luke fendaient le silence tandis qu'il grossissait encore en elle, et l'émotion qu'elle s'efforçait de contenir lui inonda la poitrine. Le plaisir était si inouï, si féroce, qu'il en devenait insoutenable. Sa tête se vida, ses pensées chassées par un tsunami de sensations. Jusqu'à ce qu'elle s'envole une fois de plus au septième ciel.

4.

Ash, au secours ! J'ai couché avec Luke ! Luke Broussard de Broussard Tech, le type sur lequel je suis censée me renseigner pour Temple. Qu'est-ce que je fais ? Aide-moi, tu me dois bien ça. C'est toi qui m'as dit de ne pas porter de soutien-gorge !

Appuyé contre le chambranle, Luke regardait Cassandra taper frénétiquement sur son portable dans la cuisine. À croire qu'elle écrivait un roman. Il lui arrivait d'hésiter et de lever les yeux vers la fenêtre, l'air absent. Sans doute ne prêtait-elle aucune attention à l'océan redevenu paisible, miroitant sous le soleil de cette belle journée qui s'annonçait.

Il se redressa discrètement, soucieux de ne pas révéler sa présence. Si la tempête dehors était retombée, celle dans son bas-ventre continuait à faire rage. Comment faisait-elle pour être aussi sexy ? Encore plus ce matin, échevelée et seulement vêtue d'un T-shirt qu'elle avait dû piquer dans son dressing pendant qu'il dormait encore ?

Le désir enfla en lui. Il devrait pourtant être repu après la nuit qu'ils venaient de passer. À son réveil, il avait trouvé le lit vide. C'est là qu'il avait remarqué les gouttes de sang sur le drap. Déjà la veille en la pénétrant, il avait cru sentir une légère résistance. Le doute le tenaillait depuis. Se pouvait-il qu'elle ait vraiment été vierge ?

Alors pourquoi lui avoir menti ?

Il n'avait aucune raison de culpabiliser. Elle avait beau

être inexpérimentée, elle n'en demeurait pas moins une adulte. Comment elle avait gardé sa virginité aussi longtemps, il l'ignorait. Mais c'était son choix. Il ne lui avait mis aucune pression. N'avait-elle pas elle-même souligné sa galanterie ? Il ne lui avait rien pris qu'elle ne lui ait offert de son plein gré. Si elle était vierge, cela ne faisait pas de lui un salaud pour autant.

Mais alors qu'il continuait à l'observer à la dérobée, son instinct lui soufflait qu'avec Cassandra James, les règles habituelles ne s'appliquaient plus. Elle avait changé la donne et il détestait cela. Après une aventure d'un soir, il s'arrangeait toujours pour que sa conquête s'en aille avant l'inévitable gêne du lendemain. Alors d'où venait cette impulsion d'enlacer la jeune femme et de humer ce parfum qui avait hanté ses rêves toute la nuit ? De découvrir si elle l'avait bien choisi comme premier amant et, si oui, pourquoi ?

Mais agir ainsi ne ferait que rendre ce moment encore plus gênant. Il n'aurait jamais dû enfreindre ses propres règles en l'amenant chez lui. Allait-elle vouloir plus, bien qu'il ait été très clair sur le fait que les choses n'iraient pas plus loin ? Sa poitrine se contracta. Il ne pouvait s'empêcher de l'imaginer se retournant pour se jeter à son cou, avec cette même spontanéité qu'elle avait manifestée la veille…

Comment faisait-elle cela ? Comment lui faisait-elle oublier à quel point la situation lui avait échappé ? Il ne pouvait pas lui refaire l'amour. Ce serait s'impliquer davantage, plus qu'il n'en avait déjà eu l'intention. Non, mieux valait reprendre ses distances, le temps de lui faire quitter l'île. Peut-être espérait-elle qu'il l'interroge sur sa possible virginité ? Il ne tomberait pas dans le panneau.

Pourquoi cela devrait-il être un problème ? Ils étaient deux adultes consentants et le sexe avait été fabuleux. Elle s'était montrée si sexy et désinhibée… Aucune raison d'en faire tout un plat. Si elle abordait le sujet… Ce qu'elle ferait sans doute, car pourquoi lui cacher sa virginité sinon pour s'en servir plus tard ? Si elle jouait cette carte, il la remettrait à sa place : son inexpérience ne regardait qu'elle. Il s'en lavait les mains.

Un bruit le tira de ses réflexions. Cassandra avait fini de taper son message et posé son portable sur l'îlot en granite. Luke s'éclaircit la gorge. Assez ruminé. Il était temps de passer à l'action. Il devait la ramener à San Francisco le plus tôt possible.

La jeune femme se retourna, rouge pivoine. Le désir lui vrilla instantanément les entrailles. Il l'ignora et s'obligea à sourire.

— Bonjour, *chère*.

Les yeux de Cassandra se posèrent sur son torse nu. Le feu de ses joues se propagea à son front. Après tout ce qu'ils avaient fait cette nuit, elle rougissait encore ? Voilà qui confirmait ses soupçons. Vierge ou non, elle n'avait pas autant d'expérience qu'elle l'avait laissé entendre.

Il s'avança vers elle, les mains enfoncées dans les poches pour se garder contre toute tentation.

— Tout va bien ? demanda-t-il d'un ton dégagé.

— Je… Oui, merci.

Sa légèreté était forcée, cela se voyait. Il fit mine de rien.

— La tempête est passée, reprit-elle en se tournant vers la fenêtre.

Alors ils allaient parler de la pluie et du beau temps ? Pourquoi pas.

— Oui. Une chance qu'elle n'ait pas fait trop de dégâts.

— Cela arrive souvent ? Je veux dire… Les tempêtes, qu'elles provoquent des dégâts. C'était tellement fort hier soir… Cela n'aurait rien d'étonnant.

Elle rougit de plus belle, et Luke se demanda s'ils parlaient encore d'ouragan ou de tout autre chose.

— Difficile à dire. Il faudra que je vérifie, répondit-il évasivement.

La jeune femme devint cramoisie. Aucun doute, ils ne parlaient plus météo. Il se prépara à affronter le sujet qu'il aurait préféré éviter. Mais elle se contenta de hocher la tête.

— Je vois.

Par chance, ce fut le moment que choisit son estomac pour gargouiller bruyamment.

— Tu veux déjeuner ? proposa-t-il, sautant sur l'occasion de changer de sujet. Je peux faire des pancakes.

À quand remontait la dernière fois qu'il avait préparé le petit déjeuner pour une de ces maîtresses ? Jamais. Il fronça les sourcils. N'était-il pas censé se débarrasser d'elle au plus vite ?

— C'est gentil. Mais je ne veux pas t'embêter davantage avant de rentrer à San Francisco.

Qu'elle mentionne d'elle-même le voyage de retour le surprit. Alors elle ne cherchait pas à s'accrocher ? C'était une bonne chose, non ? Il aurait dû en être soulagé. Mais étrangement, cela ne fit que l'irriter. Elle lui cachait son inexpérience et faisait comme si de rien n'était ? Sérieusement ?

— Pas de problème, lui assura-t-il. Peux-tu me sortir les œufs et le lait du frigo, s'il te plaît ?

Surtout, rester naturel. Il allait préparer quelques pancakes puis la ramènerait en ville. Fin de l'histoire. C'était ce qu'ils avaient conclu, non ?

Elle apporta ce qu'il lui avait demandé, et il entreprit de faire la pâte.

— Je peux t'aider ? demanda-t-elle.

— Inutile. Je gère.

Il cassa les œufs d'une main dans le saladier, déconcentré par son T-shirt remontant sur ses cuisses galbées quand elle se percha sur un tabouret. Il se remémora ces mêmes cuisses nouées autour de lui la nuit précédente…

Un brusque éclair de désir lui fit verser une dose un peu trop généreuse de farine.

— Tu te débrouilles bien, remarqua-t-elle.

Ses yeux suivirent malgré lui le mouvement de ses jambes nues lorsqu'elle les croisa.

— Oui. J'ai travaillé comme cuisinier dans un fast-food au lycée, expliqua-t-il distraitement.

— L'un de tes petits boulots dans ta ville près de Lafayette ?

— Non, à Lafayette même. Personne ne voulait m'engager, là où je vivais.

— Pour quelle raison ?

L'indignation dans la voix de Cassandra lui fit oublier une seconde la tension croissante dans son entrejambe.

— À cause de la réputation de mon père, dit-il en détournant les yeux de la zone de danger.

Bas les pattes, mon vieux.

— Ce n'est pas juste…

— Quoi ?

Zut, il avait complètement perdu le fil de la discussion.

— Pourquoi devrais-tu payer les pots cassés pour ton père ?

Attends une seconde. Il ne lui avait quand même pas parlé de…

Il n'évoquait jamais son père, ni cette période de sa vie. Encore moins à une amante d'un soir. Il s'était donné beaucoup de mal pour cacher la poussière sous le tapis à ses débuts. Il ne voulait pas que les crimes de son père ternissent l'image de sa société, après avoir déjà gâché toute son enfance et son adolescence. Mais l'empathie dans les yeux de Cassandra le troubla. Un étau lui étreignait la poitrine, comme quand il l'avait serrée contre lui cette nuit et qu'ils s'étaient endormis dans les bras l'un de l'autre…

Non, pas question de s'engager sur ce terrain. Son père était un sujet tabou.

— Pourquoi n'irais-tu pas trouver quelque chose à te mettre dans les affaires de la gouvernante ? Mme Mendoza a à peu près ta taille. Son annexe est accessible par le vestiaire.

Si elle restait dans ce T-shirt, il allait finir par lui raconter toute sa vie.

— Ta robe dorée doit être bonne à jeter, non ?

— Hum, sans doute.

Sa gêne palpable lui fit presque regretter d'avoir changé si brutalement de sujet.

— Mme Mendoza ne va-t-elle pas trouver bizarre que je sois venue ici sans vêtements ?

Soudain, il comprit la raison de son embarras. Elle vivait son premier lendemain honteux après un coup d'un soir ! *Bravo, mon vieux.* Maintenant, il se sentait encore plus impliqué.

— Mme Mendoza n'est pas là, l'informa-t-il d'un ton bourru. Je donne congé au personnel quand je viens sur l'île. Comme je te l'ai dit, j'aime ma tranquillité. Prends ce que tu veux. Je veillerai à ce qu'elle soit dédommagée.

— Oh… D'accord.

Elle baissa les yeux et il se sentit comme le dernier des goujats. Ses seins rebondirent sous le coton léger lorsqu'elle sauta du tabouret. Une nouvelle onde de désir le traversa. Dommage qu'il n'ait plus jamais l'occasion de les voir…

— Dans ce cas, je reviens tout de suite.

— Prends ton temps, lança-t-il, assumant sa muflerie jusqu'au bout.

Autant qu'elle comprenne tout de suite que les choses n'iraient pas plus loin.

— La pâte a besoin de reposer avant que je la fasse cuire.

Elle avait tout compliqué avec sa possible virginité. Il ne pouvait s'empêcher de se sentir responsable, ce qui ne lui était jamais arrivé avant. Il lui avait aussi confié des choses qu'il n'avait jamais dites à personne. Et apparemment il était incapable de détacher les yeux d'elle, s'agaça-t-il en admirant malgré lui son déhanché chaloupé tandis qu'elle s'éloignait vers le vestiaire.

Entre son parfum entêtant et les souvenirs de leur nuit torride, le trajet de retour s'annonçait comme l'heure la plus longue de sa vie.

Un portable vibra sur l'îlot. Celui de Cassandra. Il s'en empara pour l'éteindre, mais la notification sur l'écran retint son attention. Il était question de lui. Intrigué, il parcourut le message d'un contact du nom de « Ash ».

La bile lui monta à la gorge à mesure qu'il lisait. Les mots s'insinuaient en lui tel un poison. Le vol de retour s'annonçait bel et bien tendu, mais pour une autre raison. Si la tenue de Cassandra ce matin n'avait pas réussi à calmer ses ardeurs, sa cruelle trahison venait de s'en charger.

5.

— Un coup de main ? lança Cassie avec une feinte décontraction.

Difficile d'être détendue dans une telle situation. Non seulement Luke l'avait surprise dans rien d'autre qu'un de ses T-shirts par-dessus sa petite culotte, mais il semblait distant depuis qu'il l'avait rejointe. Sur la réserve. L'exaltation de la veille retombée, la folle aventure laissait place à la gêne. Elle se sentait empêtrée, plus gauche que jamais.

Au moins, elle était habillée, c'était déjà cela. Elle avait emprunté à la gouvernante un jean, un pull et un T-shirt, ainsi que des chaussettes et une paire de baskets. Pas de sous-vêtements : il y avait des limites. Dans un mot de remerciement laissé sur la table de la cuisine elle promettait de tout lui renvoyer après une bonne lessive. Elle avait également pris une douche rapide et s'était attaché les cheveux. Mais le résultat restait loin de son armure professionnelle habituelle. Elle n'avait pas sa trousse à maquillage, ni même de soutien-gorge !

Merci, Ash.

Luke était assis sur un tabouret, penché sur quelque chose. Il ne semblait pas l'avoir entendue. Tant mieux. Elle n'y connaissait rien en préparation de pancakes. Elle saisit cette chance de l'admirer tout à loisir. Il était vraiment à couper le souffle. Elle peinait encore à croire ce qui lui était arrivé. Cela semblait si irréel qu'un homme comme lui, véritable concentré de sex-appeal, l'ait non seulement remarquée, mais aussi séduite sans ménager ses efforts, et se soit dévoué à leur plaisir mutuel plutôt qu'à sa seule satisfaction. Elle lui pardonnait volontiers d'être un peu grognon ce matin, après la nuit qu'il lui avait fait vivre.

Un sourire joua sur ses lèvres. Et s'effaça aussitôt à la vue de son reflet dans la fenêtre. Seigneur, de quoi avait-elle l'air ? Luke, lui, même en simple pantalon de survêtement, était toujours à tomber. Le soleil inondant la pièce faisait ressortir l'entrelacs d'épines sur son torse bronzé. Tous ses doutes revinrent d'un coup. C'était son premier « lendemain » et elle n'avait pas la moindre idée de comment se comporter. Pour Luke, cela n'avait été qu'une question d'attirance physique. Une occasion comme une autre de passer du bon temps. Pour elle, cela avait été plus que cela. Sans parler de son mensonge concernant son inexpérience.

Elle avait bien essayé de se raisonner. Mais rien à faire. La froideur de Luke ce matin la blessait. Comment n'y avait-elle pas pensé ? Donner sa virginité à un quasi inconnu sur une île isolée… D'un point de vue logistique, c'était un cauchemar. Non seulement elle avait dû emprunter des vêtements à sa gouvernante, mais elle ne pouvait même pas s'en aller à sa guise. Elle était coincée ici, entièrement dépendante de lui pour rentrer.

Elle s'éclaircit la gorge, nouée par l'anxiété. Luke leva la tête. Son expression la fit reculer. Ce n'était plus de l'impatience qui rembrunissait ses traits. Sa mâchoire était rigide de tension, son regard glacial.

— Te voilà.

Envolé, ce timbre suave qui l'avait ensorcelée la veille. Sa voix était dure, accusatrice :

— Tu me dois une explication.

Cassie fronça les sourcils. De quoi parlait-il ? Puis elle vit son téléphone posé devant lui.

— Alors, dis-moi… Est-ce Temple qui t'a demandé

de coucher avec moi pour m'espionner ? Ou était-ce de l'improvisation de ta part ?

— Quoi ?

Cassie manqua s'étrangler, choquée par la brutalité de l'attaque.

— Je ne t'espionnais pas…

— Épargne-moi tes salades. J'en ai la preuve.

Il se leva, le visage déformé par la colère, et lui jeta son téléphone qu'elle rattrapa au vol.

— Lis, ordonna-t-il d'une voix suintant le mépris.

Elle toucha l'écran et découvrit la réponse d'Ash à son dernier texto.

Tu as couché avec le type que tu espionnais pour Temple ? ! OMG ! Cette robe est encore plus efficace que je ne le pensais !

Cassie eut envie de disparaître dans un trou de souris. Plusieurs défenses possibles défilèrent dans son esprit. Lui avait-elle posé la moindre question sur ses affaires ? N'avait-elle pas essayé de lui avouer la vraie raison de sa présence à San Francisco ? N'était-ce pas lui-même qui l'en avait empêchée ? Mais le dégoût sur son visage lui faisait perdre tous ses moyens. Exactement comme quand elle essayait de se défendre autrefois face à son père. Soudain, elle était de nouveau cette petite fille intimidée et rabaissée. Jamais à la hauteur, quoi qu'elle fasse.

— Pas étonnant que tu t'intéresses à la réputation de mon père… En voilà, une information juteuse pour ton patron.

Cassie secoua la tête.

— Cela n'a rien à voir. Je voulais seulement… C'était si injuste…

— Bien sûr, l'interrompit-il, cinglant. Et dire que j'ai cru que tu étais vierge pendant un instant.

Cassie eut l'impression de recevoir une gifle. Comment avait-il deviné ?

— Tu es bonne comédienne, je te reconnais au moins cela.

La fureur émanant de lui par vagues la terrifiait. Oh ! elle savait qu'il ne lui ferait aucun mal. Pas physiquement. Mais il était clair qu'il prenait sur lui pour ne pas exploser. Difficile de lui tenir tête dans ces conditions. Elle se sentait trop insignifiante et sans défense, comme lorsqu'elle était enfant.

— Je ne suis pas venue ici pour t'espionner, protesta-t-elle, les mains tremblantes.

Dire qu'elle avait tout fait pour lui cacher son inexpérience… Et voilà qu'il trouvait un moyen de la retourner contre elle.

— Je ferais mieux de partir.

— Sage décision, ironisa-t-il.

Jamais elle n'avait été aussi humiliée. La chaleur persistante au creux de son ventre n'arrangeait rien. Comment pouvait-elle encore le désirer alors que l'homme qu'elle croyait avoir appris à connaître s'était métamorphosé en cet étranger cruel, si prompt à la condamner ?

Elle n'avait pas fait cinq pas que sa voix pleine de rancœur la rattrapa.

— Pour ton information, sache que je compte contacter mes avocats.

Elle fit volte-face. Une sueur froide perlait entre ses omoplates. De quoi parlait-il ?

— Je ne comprends pas…

Comment avait-elle pu mettre ainsi en péril sa carrière et tout ce pour quoi elle avait travaillé si dur ?

— Tu t'es introduite ici pour glaner des informations pour ton patron. Tu crois que je vais te laisser utiliser ce que tu as découvert contre moi ?

Un étau lui comprima la poitrine. La colère de Luke était telle que les muscles de ses biceps tressautaient. Il plongea les mains dans ses poches et son pantalon s'abaissa légèrement, laissant entrevoir les fléchisseurs bien définis de ses hanches, ainsi que la phrase tatouée à cet endroit. *Laissez les bons temps rouler*, avait-elle déchiffré ce matin quand il dormait encore. La fièvre dans ses veines redoubla à ce souvenir, à son grand dam.

— Je n'ai rien trouvé de compromettant, objecta-t-elle. Même si c'était le cas, jamais je ne m'en servirais contre toi. Pas après…

— Tu me prends vraiment pour un imbécile ?

Quelque chose dans son intonation l'interpella. Une blessure derrière la colère. C'était donc cela… L'adolescent ostracisé au lycée à cause de son père était toujours là, tapi dans cet homme méfiant, toujours sur ses gardes. Autant parler à un mur. Ses protestations ne mèneraient à rien. Le mieux était encore de s'en aller, en espérant qu'elle réussisse à recoller ce qu'il restait de sa carrière et de son amour-propre. Elle était tombée dans ses bras comme une midinette, donnant plus qu'elle n'en avait eu l'intention, et s'en voyait durement punie.

— Je t'attends à l'hydravion, articula-t-elle, la gorge nouée.

Quelle idiote ! Elle lui avait elle-même tendu le bâton pour se faire battre. Et pour quoi ? Un furtif moment de plaisir. Une chance d'être quelqu'un d'autre une fois dans sa vie. L'aventure l'avait entraînée bien plus loin que prévu. Et elle en payait maintenant le prix.

— Je propose que nous décollions le plus rapidement possible.

Ses biceps se contractèrent, le rendant encore plus intimidant. Son froncement de sourcils attira son regard vers la mystérieuse cicatrice sur son arcade. Trop tard pour le questionner à ce sujet, désormais.

— Cela fait au moins un point sur lequel nous sommes d'accord, dit-il, grinçant.

Il tourna les talons et retourna s'asseoir devant l'îlot, les épaules rigides. Sans un mot, Cassie traversa la cuisine pour se diriger vers l'escalier. L'humiliation lui tordait les entrailles. Le conte de fées avait volé en éclat, pulvérisé par la froide réalité. Et le pire restait à venir. Comment allait-elle survivre une heure dans un minuscule cockpit avec un homme qui la haïssait ?

— Nous ne pouvons pas partir.

Cassie crut avoir mal entendu. Une demi-heure lui avait suffi pour récupérer sa robe en lambeaux et sa pochette de soirée, les fourrer dans un sac à dos emprunté à la gouvernante et rejoindre Luke sur le ponton.

— Comment cela, on ne peut pas partir ? répéta-t-elle en s'efforçant de contenir sa panique.

Il n'attendait que cela, qu'elle s'en aille. Elle aussi, et le plus tôt serait le mieux si elle voulait retrouver un semblant de dignité.

— L'hydravion est endommagé, annonça-t-il. Le wi-fi ne fonctionne plus et le téléphone a lâché il y a vingt minutes.

Impossible. Elle ne pouvait pas rester ici. Pas avec lui. Pas après les horreurs dont il l'avait accusée.

— N'as-tu pas un bateau ?

Son portable n'avait plus de batterie. Au moins, cela l'empêchait de s'en prendre à Ash pour son texto fatidique. Son amie n'était pas responsable de sa situation. Luke aurait de toute façon fini par apprendre l'intérêt de Temple pour sa société et fait le même rapprochement erroné.

Ce qui s'était passé cette nuit, elle ne le devait qu'à ses hormones, en plus d'une totale inconscience. Elle n'avait pas réfléchi à la suite parce qu'elle s'en moquait, sur le moment. Luke Broussard avait libéré en elle des désirs dont elle ignorait être capable. Elle s'était laissé aveugler par l'adrénaline. Le désastre était inévitable, elle le voyait maintenant. Qu'est-ce qui lui avait pris de prendre un tel risque avec un inconnu ? Un mufle à la méfiance maladive, découvrait-elle trop tard. Mais il était encore possible de limiter les dégâts de retour à San Francisco.

Pendant qu'elle rassemblait ses affaires, elle avait instauré un plan d'action. Le plus simple était de dire la vérité à Temple. Du moins, autant que possible. Elle lui expliquerait qu'elle avait perdu son objectivité avec Broussard, mais savait qu'il ne cherchait pas à séduire de potentiels investisseurs. Temple ne s'était pas engagé auprès de Broussard Tech. Cette mission n'était qu'une simple pêche aux informations. Elle pouvait toujours dénicher d'autres opportunités dans la baie grâce aux contacts qu'il lui avait donnés.

Le trajet de retour devait lui donner le temps de calmer Luke et le persuader de ne pas l'attaquer en justice. Après trois ans chez Temple Corp, elle savait comment gérer les milliardaires caractériels. Quoique Temple soit beaucoup moins lunatique que Luke. Mais elle n'avait jamais été attirée par son patron, comme elle l'avait stupidement été par cet homme. Ne pouvait-elle le raisonner en le convainquant qu'il exagérait ? Qu'une action impulsive dictée par la colère s'avérerait inutilement coûteuse si Temple renonçait à investir dans sa société ?

Mais ses plans tombaient à l'eau si elle restait bloquée sur l'île, dans l'incapacité de contacter son patron ou remplir la mission pour laquelle il l'avait envoyée à San Francisco. Pire encore, comment allait-elle supporter un tête-à-tête prolongé avec Luke Broussard ? L'angoisse l'envahit à cette perspective.

— Oui, j'ai un hors-bord, grogna-t-il comme si elle n'avait aucun droit de lui poser la question. Mais il y a une panne de courant dans le hangar. Cela veut dire que je dois ouvrir la porte manuellement. Et je n'aime pas le tour que prend la météo.

Il leva les yeux en disant cela, juste au moment où un nuage noir cachait le soleil.

— Il faut une heure jusqu'au continent. Je ne tenterai

pas le voyage juste pour te faire plaisir si une autre tempête se prépare.

Bon sang, ce qu'il pouvait être casse-pieds ! Cassie serra les dents.

— Cela veut dire qu'on ne partira pas avant encore une heure ou deux ?

Son regard se planta dans le sien.

— Cela veut dire qu'on ne partira pas tant que je ne l'aurai pas décidé, répondit-il d'un ton clairement destiné à affirmer son pouvoir. L'alerte peut durer plusieurs jours.

Plusieurs jours ? Ce n'est pas vrai !

— Tu n'es pas sérieux ?

— Inutile de monter sur tes grands chevaux. C'est beaucoup plus pénible pour moi que pour toi, rétorqua-t-il avec mépris.

— En quoi est-ce pire pour toi ? s'indigna-t-elle. Ce n'est pas toi qui es accusé de…

— Épargne-moi tes jérémiades, la coupa-t-il sèchement. Va plutôt attendre à l'intérieur.

Une fois de plus, il la rabrouait sans lui laisser la moindre chance de s'expliquer. Ses jérémiades ? Comment osait-il ! Elle ouvrit la bouche pour répliquer, puis se ravisa en remarquant son expression. Il la provoquait à dessein, pour se draper dans sa supériorité et justifier un nouvel éclat de colère. Elle ne lui offrirait pas ce plaisir. Enfant, elle baissait les yeux devant son père. Elle avait grandi avec le sentiment d'être faible et incompétente. Pas cette fois. Lorsqu'elle hocha la tête et tourna les talons, elle se sentait droite dans ses bottes, moralement victorieuse.

Une victoire de courte durée. Plus elle approchait de la villa, plus son anxiété la rattrapait. Depuis le porche, elle balaya l'île des yeux. Sa prison dorée. Ce qu'elle vit ne fit rien pour la rassurer. La tempête avait laissé des traces, visibles partout dans les branches cassées des arbres. Un arc-en-ciel surplombait le cap, là où le soleil matinal rencontrait la brume baignant la côte.

Sa poitrine se serra. La beauté sauvage des lieux lui faisait revivre sa nuit avec Luke. Ses mains sur elle, et ses lèvres enfiévrées la poussant au point de non-retour. L'initiant à des plaisirs dont elle ignorait son corps capable. Mais ce n'était pas seulement le sexe qui l'avait bouleversée. C'était aussi la façon dont il l'avait serrée dans ses bras après, en lui susurrant des mots doux à l'oreille…

Les mêmes mots qu'il devait murmurer à toutes ses amantes.

Elle s'arracha à la contemplation du paysage. Ces souvenirs n'étaient qu'une illusion. Elle avait insufflé à leur nuit ensemble une profondeur qui n'avait jamais existé. Ce n'était que du sexe, rien d'autre. Une connexion physique dont son inexpérience avait exagéré l'intensité. Elle avait sous-estimé sa vulnérabilité la veille au soir, d'où les décisions stupides qu'elle avait prises l'une après l'autre. Et dont elle devait maintenant assumer les conséquences.

Oui, Luke se comportait en macho autoritaire. À elle de prendre sur elle, en priant pour qu'il trouve un moyen de quitter cette fichue île. Passer une autre nuit ici avec lui était hors de question. Au moins, tant qu'il était occupé, elle n'avait pas à subir son attitude méprisante.

Son ventre gargouilla alors qu'elle jetait son sac à dos dans l'entrée. Avant toute chose, manger un morceau. Peut-être cela apaiserait-il un peu son anxiété. Elle alla dans la cuisine et ouvrit le frigo. La première chose qu'elle vit fut la pâte à pancake de Luke, délaissée après leur dispute. Les larmes lui montèrent aux yeux. Dire qu'à peine une heure plus tôt, il s'affairait à lui préparer le petit déjeuner… Avant de se métamorphoser en odieux tyran.

Cassie ignora le saladier au profit d'une assiette de charcuterie. Elle n'était pas un cordon-bleu, plus habituée aux céréales et aux plats à emporter. Faire cuire des pancakes dépassait ses compétences. Et puis ils ne risquaient plus de déjeuner ensemble dans la joie et la bonne humeur… Elle versa donc dans une tasse le fond du pot de café. Impossible d'en refaire couler : la cafetière dernier cri était si complexe qu'il fallait un diplôme de la NASA pour s'en servir ! Exaspérée, elle se mit à couper du pain avec plus de force que nécessaire. Le couteau dans sa main lui donnait des envies de meurtres quand elle songeait au comportement de Luke…

C'est là qu'une idée lui vint. Elle s'y raccrocha, ne serait-ce que pour retrouver un semblant de contrôle. Redevenir elle-même après vingt-quatre heures passées dans la peau d'une femme qu'elle ne reconnaissait pas, assez inconsciente pour suivre un inconnu sur sa moto, puis sur son île. Le seul moyen de reprendre la main était de se comporter en adulte. Pas question de laisser les accusations de Luke l'atteindre. À quoi bon s'abaisser à piquer une crise qui ne changerait rien à la situation ? Voilà pourquoi un délicieux sandwich l'attendrait à son retour. Ils auraient tous les deux besoin de se remplir l'estomac avant de prendre l'avion pour le continent.

Et de ne plus jamais se revoir.

De quoi le mettre dans de meilleures dispositions en amont du trajet et des pourparlers de paix. La manœuvre allait exiger un effort surhumain de sa part, au vu de l'humeur massacrante de Luke. Le connaissant, il était capable de se méprendre sur ses intentions et croire qu'elle usait de ses charmes pour lui soutirer de précieuses informations sur sa société.

Ridicule.

Avait-il conscience de l'absurdité d'un tel scénario ? Elle, une Mata-Hari, alors qu'elle n'y connaissait rien en séduction ? Elle n'avait pas à se défendre de quoi que ce soit. Elle n'avait commis aucun crime. À choisir, elle préférait le rôle de femme fatale manipulatrice à celui de midinette sans expérience. Que s'imaginerait-il s'il savait qu'elle l'avait choisi pour être son premier amant ? Ou à quel point cette nuit avait compté pour elle ? Son ego frôlait déjà la taille de l'Oregon !

Elle badigeonna le pain de mayonnaise puis étala les tranches de charcuterie et de fromage, et referma les sandwichs, plus résolue que jamais à s'élever au-dessus du mépris de Luke. Enterrer elle-même la hache de guerre, c'était lui renvoyer son attitude injuste à la figure. Même si cela lui en coûtait. En ravalant sa fierté comme lui n'avait pas su le faire, elle démontrait sa supériorité. Contrairement à son père, Luke n'avait pas le pouvoir de la blesser. De l'excéder, oui. Mais si elle n'en montrait rien, il n'aurait même pas cette satisfaction.

Sur le plan professionnel, c'était une stratégie gagnant-gagnant. Elle tenait à sauver sa place. Il était donc primordial de le dissuader de porter plainte contre elle ou Temple Corp. Ce qui s'était passé entre eux et son opinion d'elle n'avaient aucune importance.

Elle posa le sandwich sur l'îlot accompagné d'un mot laconique puis alla s'enfermer avec le sien dans l'une des chambres d'amis. Une chose était sûre, elle retiendrait la leçon. La prochaine fois qu'un milliardaire ténébreux lui proposerait de le suivre sur son île pour une folle nuit de passion, elle prendrait ses jambes à son cou.

Mais malgré ses bonnes résolutions, l'anxiété lui coupait l'appétit, et elle dut se forcer pour avaler son sandwich.

Pitié, faites que je ne reste pas bloquée ici une nuit de plus !

6.

Le soleil se couchait quand Luke remonta à la villa. Il était si fourbu qu'il manquait trébucher à chaque marche. L'esprit ailleurs, ce fut à peine s'il jeta un coup d'œil au spectaculaire incendie embrasant l'horizon. Ce n'était pas encore demain qu'il allait se débarrasser de son invitée indésirable…

À force d'insister, il avait réussi à ouvrir la porte du hangar, seulement pour constater que la tempête avait aussi endommagé la coque du bateau. Comme si cela ne suffisait pas, les bulletins météo qu'il avait consultés quand le réseau était brièvement revenu sur son téléphone déconseillaient toute sortie en mer durant les prochains jours. L'hydravion était hors course, lui aussi, puisque aucun mécanicien ne se déplacerait sur l'île en raison de l'alerte ouragan.

Face à cet état de fait, il avait pris son kayak et s'était rendu dans la crique de Pirate's Cove de l'autre côté de l'île, histoire de se calmer en nageant un moment. L'eau était glacée, même en plein été. Exactement ce qu'il lui fallait. Puis pour oublier la femme qui occupait sa maison et ses pensées, il avait passé le reste de la journée à parcourir les quinze kilomètres de côte de l'île afin d'évaluer les dégâts. Sa villa était la seule structure importante sur Sunrise Island et elle avait tenu le coup. Il avait réparé quelques bardeaux brisés au hangar, avant de se décider à rentrer.

Cassandra n'irait nulle part, que cela lui plaise ou non,

ce qui lui laissait deux options. La première, sacrifier ses vacances pour réparer lui-même la coque du bateau. La seconde, s'en tenir à ses plans initiaux avant qu'il ne la rencontre et prendre une semaine de repos bien mérité. La jeune femme n'aurait qu'à se faire discrète.

Il la revit telle qu'elle lui était apparue le matin même, dans son T-shirt trop large, les cheveux noués à la va-vite. Sa température interne grimpa en flèche sous sa combinaison de plongée. Bon sang, comment réussissait-elle à le mettre dans cet état alors qu'il tombait de fatigue ?

Il poussa la porte du vestiaire d'un geste énervé. Elle n'avait même pas cherché à se défendre. Elle aurait au moins pu avoir la décence de reconnaître ses torts et lui présenter des excuses. Mais, non, elle avait campé sur ses positions. Raison de plus pour ne pas la laisser lui gâcher ses vacances, décida-t-il. Avec un petit effort, il réussirait bien à contrôler son attirance. Il avait besoin de ce congé avant le lancement de son nouveau produit. Cela faisait deux ans qu'il n'en avait pas pris, depuis que lui et son équipe avaient commencé à travailler sur les prototypes.

Alors qu'il se déshabillait, tous les souvenirs qu'il avait réussi à bloquer dans la journée en travaillant d'arrache-pied, déferlèrent dans sa tête. Cassandra nue sur son lit, les yeux voilés de désir, ses mamelons dressés réclamant son attention. Et son parfum enivrant pendant qu'il bougeait en elle…

Un violent frisson l'agita, et pas parce qu'il venait d'enlever sa combinaison.

Oublie la nuit dernière, mon vieux. C'est ton ennemie, maintenant.

Elle s'était payé sa tête depuis le début. Ce sourire lascif, ce regard direct, cette sensualité électrique qui l'avait envoûté… Son empathie quand il avait laissé échapper certains détails de son passé. Même l'éventuelle preuve de sa virginité. Tout était faux.

Le désir pulsa entre ses cuisses. D'accord, peut-être pas tout. Personne ne pouvait feindre une telle passion. Ses muscles intimes l'avaient étreint avec tant de possessivité, c'était bien la preuve qu'elle avait été aussi excitée que lui. Certains hommes étaient incapables de discerner quand une femme simulait l'orgasme. Pas lui. Cassandra n'avait pas simulé le sien.

Mais elle l'avait quand même dupé. Et il était tombé dans le panneau.

Il ramassa sa combinaison humide et la jeta rageusement dans l'évier.

Passe à autre chose.

Ce n'était qu'un coup d'un soir. Il n'y avait rien de personnel en jeu. Le sexe avait été incroyable, et c'était tout ce qu'il cherchait. Alors d'où venait cet étrange pincement quand il pensait à elle ce matin, ses longues mèches châtains dansant autour de son visage, sa peau diaphane encore rougie par ses baisers ? Tout son corps tremblait d'indignation tandis qu'elle se tenait là devant lui, refusant obstinément d'admettre sa culpabilité.

Qu'est-ce que cela pouvait lui faire, si elle ne daignait même pas lui demander pardon ? En affaires, tous les coups étaient permis. Lui-même avait eu recours à des tactiques dont il n'était pas fier par le passé pour amener sa société là où elle était aujourd'hui. Temple était un requin, c'était bon à savoir. Lui aussi savait se montrer sans pitié. De là à envoyer une employée le séduire…

À moins que…

Était-elle la maîtresse de Temple ?

Ses entrailles se nouèrent à cette idée. Il entra nu sous la douche d'appoint et ouvrit le robinet. Pourtant… comment oublier son étroitesse quand il était entré en elle la première fois ? Le choc émerveillé sur son visage au moment de l'orgasme ? Elle avait paru bouleversée. Il n'avait aucune confiance en elle, mais il fallait être une sacrée actrice pour feindre une telle réaction.

Rien à faire. Il avait beau se frotter avec vigueur pour éliminer le sel et la sueur de la journée, son érection persistait. Alors le front pressé contre la paroi, il se résigna à se satisfaire lui-même, en se remémorant le corps brûlant de Cassandra autour du sien, avant de rincer les preuves sous le jet. Il se sentait comme l'adolescent d'autrefois. Utilisé, puis jeté comme une vieille chaussette.

Rien à voir, se sermonna-t-il. Au moins, ces expériences l'avaient endurci contre les Cassandra de ce monde. Ces filles lui avaient appris qu'on ne pouvait faire confiance à personne. Que le sexe n'était qu'une monnaie d'échange, comme tout le reste. Il avait fini par comprendre qu'il n'avait pas besoin de leur approbation ou de leur affection. Et pas plus de celles de Cassandra James.

Peu importait qu'elle reconnaisse ses torts. L'essentiel était qu'elle ne nuise pas à sa société. Peut-être n'était-ce pas une si mauvaise chose, qu'elle soit bloquée ici les prochains jours. Voire toute la semaine. Garder Cassandra sur l'île sans téléphone ni Internet lui épargnerait le désagrément de lui faire signer un accord de confidentialité chez ses avocats.

Il sortit de la douche, se sécha et enfila un pantalon de survêtement. Sa libido provisoirement satisfaite, il s'aperçut qu'il mourait de faim. Tout ce qu'il avait avalé depuis le petit déjeuner était quelques barres de céréales et une thermos de café. Un tour à la cuisine s'imposait.

En plus de Mme Mendoza, la gouvernante, il employait une femme de ménage ainsi qu'un technicien forestier. Mais comme il l'avait dit à Cassandra, il leur donnait toujours congé quand il séjournait sur l'île. Il n'avait pas menti en déclarant tenir à sa tranquillité. S'il avait acheté Sunrise Island et construit sa villa ici, c'était pour s'isoler. Il appréciait la solitude. L'île offrait de nombreuses activités en plein air, idéales pour entretenir une bonne condition physique tout en se vidant la tête. Et quand une nouvelle idée de produit germait dans son esprit, il pouvait y travailler sans être dérangé.

Mais, ce soir, il regrettait de ne pas avoir Mme Mendoza sous la main. Il aurait volontiers pris un repas chaud sans avoir à le cuisiner lui-même. Sa présence aurait également fait tampon entre lui et sa locataire espionne. La jeune femme n'était nulle part en vue, mais quelque chose trônait sur l'îlot, recouvert d'une serviette en papier. Il la souleva et découvrit un amas de pain, de fromage et de charcuterie noyé dans une mare de mayonnaise.

Qu'est-ce que…

Son ventre grogna sans grand enthousiasme. Puis Luke remarqua le mot passif agressif posé à côté de l'assiette.

Je t'ai fait un sandwich.
Tu me remercieras plus tard.

Cette… chose était censée être un sandwich ? Cela avait à peine l'air comestible ! Sans compter qu'il paraissait être posé là depuis des heures. Luke appuya du doigt sur le pain. Dur comme du béton. Il enveloppa le prétendu sandwich dans la serviette et jeta le tout à la poubelle. Il avait une faim de loup, mais aussi certains standards.

Croyait-elle que cette offrande pathétique allait suffire à lui faire oublier ce qu'elle avait fait ? Sur quelle planète vivait-elle ? La moindre des choses aurait été de prendre l'initiative de cuisiner un vrai repas. Ce n'étaient pas les provisions qui manquaient dans les placards. Au lieu de quoi, elle s'était tourné les pouces toute la journée, pendant qu'il s'échinait à trouver un moyen de quitter l'île ! Si elle comptait vivre le reste de son séjour à ses crochets, elle se fourrait le doigt dans l'œil. Elle lui imposait sa présence, autant qu'elle se rende utile.

— Cassandra ! cria-t-il depuis le bas de l'escalier. Descends ! Il faut qu'on parle !

— Je t'ai déjà préparé un sandwich.

Cassie soutenait le regard adamantin de Luke, en maudissant le feu qu'elle sentait se propager à ses joues. Elle avait compris depuis longtemps qu'ils ne quitteraient pas l'île ce soir-là. Résignée, elle s'était cherché une chambre pour la nuit, avant de faire une nouvelle descente dans l'armoire de Mme Mendoza, au cas où Luke avait vu juste et qu'ils restent bloqués pendant plusieurs jours. Mieux valait se préparer à toute éventualité. Elle en avait aussi profité pour fouiner un peu.

Étonnamment, elle n'avait déniché aucun vêtement de femme oublié dans le dressing d'une des quatre chambres d'amis. Peut-être Luke avait-il dit vrai en prétendant n'avoir jamais amené d'amante sur l'île avant ? Non qu'elle s'en rengorge. Les autres l'avaient échappé belle. Ce n'était pas elles qui se trouvaient coincées ici pour une période indéterminée.

Elle s'était également glissée dans le bureau de Luke en quête d'une connexion Internet. Ou au moins d'un chargeur de téléphone. Mais les seuls qu'elle avait trouvés n'étaient compatibles qu'avec des portables de Broussard Tech, et un système de sécurité élaboré bloquait son ordinateur. Sérieusement ? Qui installait une protection aussi sophistiquée sur un ordinateur gardé dans une villa fermée à clé la plupart du temps, le tout sur une île privée accessible uniquement par avion ou par bateau ? Ce type était complètement parano !

Après une heure de vaines tentatives pour craquer son code, elle était retournée dans sa chambre et s'était écroulée sur le lit. Sa sieste n'avait guère été reposante. Elle s'était réveillée groggy, troublée par les rêves érotiques qui avaient agité son sommeil. Par chance, Luke n'était pas encore revenu. Ayant fini par comprendre comment fonctionnait la cafetière, elle s'était fait couler une tasse, qu'elle avait dégustée en admirant le coucher de soleil depuis sa chambre. C'était là qu'elle avait vu Luke rentrer, en combinaison de plongée moulant sa carrure d'athlète, les cheveux humides et hirsutes comme à leur arrivée la veille, après leur course sous la pluie…

Cesse de penser à cela !

Son désir persistant pour lui l'avait incitée à garder ses distances. Affronter Luke ne servirait à rien, à part à la mettre encore plus à cran. Elle avait emprunté quelques romans policiers dans la bibliothèque. De quoi se distraire un peu. Et qui sait si elle ne tomberait pas sur la recette du crime parfait pour assassiner un homme dans son sommeil ?

Puis Luke l'avait appelée. Non, convoquée, comme si elle était une domestique et non une otage. L'ignorer l'aurait fait passer pour une lâche. Alors elle avait pris son courage à deux mains et était descendue, en faisant de son mieux pour garder son calme. Jusqu'à ce qu'il lui demande de préparer le dîner car, comme il l'en avait si courtoisement informée, il méprisait les pique-assiette autant que les espionnes.

Et le sandwich qu'elle lui avait fait ?

— Je l'ai jeté à la poubelle, répondit-il.

Quoi ? Cassie manqua s'étouffer devant tant d'ingratitude. Elle faisait des efforts pour engager une trêve, et c'était tout ce qu'elle récoltait ?

— Tu as fait quoi ? s'écria-t-elle.

— La prochaine fois que tu me prépares un sandwich, évite de le noyer dans la mayonnaise. Je déteste cela. Et ne le laisse pas traîner sur l'îlot toute la journée, sauf si tu tiens à me faire manger une brique.

Non, mais quel culot ! Ce type était littéralement incapable de la moindre reconnaissance. Cassie en était soufflée.

— La prochaine fois ? Il n'y aura pas de prochaine fois ! répondit-elle rageusement. Je préférerais faire un sandwich à mon pire ennemi !

— C'est moi, ton pire ennemi. Et c'est le minimum, rétorqua-t-il, sardonique. Je me suis tué au travail toute la journée. Je meurs de faim. Montre-moi ce que tu sais faire.

Cassie déglutit nerveusement.

— Comment cela, ce que je sais faire ?

Mais elle comprenait où il voulait en venir. Il attendait vraiment d'elle qu'elle lui prépare à dîner. Un repas chaud, composé de vrais ingrédients, à partir de rien. Pas un plat surgelé ou un menu à emporter.

Il la toisa avec dédain.

— Épate-moi. Il y a sûrement mieux dans ton répertoire qu'un pauvre sandwich. Ou plutôt de la mayonnaise au pain.

La pique lui passa au-dessus de la tête, paniquée comme elle l'était. Un répertoire ? Quel répertoire ? Elle n'en avait aucun. Sauf qu'elle ne pouvait l'avouer sans passer pour une incapable. Elle ne savait rien cuisiner, à part peut-être des croque-monsieur ou des œufs brouillés. Pas de quoi impressionner un homme qui bricolait une pâte à pancake à l'improviste et avait travaillé comme cuisinier alors qu'il était encore au lycée.

Pour être honnête, elle n'avait aucune excuse. Elle aurait dû savoir cuisiner depuis longtemps – au moins les bases. Mais elle avait toujours évité d'apprendre, et la raison en était pathétique. Elle détestait être dans une cuisine, car cela lui rappelait le jour où son père lui avait prouvé à quel point il la méprisait. Non, ce n'était même pas cela. Le mépris impliquait une émotion. Aldous James, lui, n'avait que faire d'elle. Il ne la voyait même pas.

Pendant cinq ans, à partir du moment où Ash et sa mère avaient emménagé dans le logement des domestiques, la cuisine était devenue un sanctuaire pour Cassie. Un lieu vibrant de vie et de rires, où elle trouvait amitié et soutien et passait ses meilleurs moments. Jusqu'à ce que son père décide dans son dos de mettre un terme à tout cela.

Ce matin-là, elle avait dévalé l'escalier tout excitée car c'était le début des congés d'automne. Ash devait déjà être debout en train de déjeuner pendant que sa mère, Angela, préparait le plateau destiné à son père. Elle aurait sûrement échafaudé mille et une aventures pour leurs vacances. Ash n'était jamais à court d'idées.

Avant leur arrivée, la maison familiale, une élégante villa géorgienne de Regent's Park West, lui avait toujours fait l'effet d'une prison. Une prison peuplée de fantômes. Puis Angela était apparue un jour et lui avait présenté sa fille.

« Vous avez le même âge, toutes les deux. N'hésite pas à venir nous tenir compagnie, à Ashling et moi, pendant que ton père travaille. »

Elle avait hâte d'enfin passer du temps avec son amie, après d'interminables semaines d'ennui en cours. La très stricte école privée qu'elle fréquentait la faisait crouler sous les devoirs, si bien qu'elles n'avaient qu'une heure ou deux pour se voir. C'était cela qu'elle avait hâte de retrouver : le cocon chaleureux qu'Ash et Angela avaient créé depuis qu'elles étaient entrées dans sa vie. Cassie adorait leur compagnie. Elle aimait les bavardages d'Angela, passionnée par les fées et autres fantasmagories. La voix fausse d'Ash chantant leurs chansons préférées, qu'elles écoutaient en partageant les oreillettes de son lecteur MP3. Le délicieux arôme des *scones* que faisait cuire Angela et le parfum de lavande des produits d'entretien.

Elle avait fait irruption dans la cuisine ce matin d'octobre, le cœur léger à l'idée de retrouver tout cela. Mais la pièce était vide et froide, plongée dans le silence. Un mot d'Ash était posé sur la table, expliquant qu'elle et sa mère avaient été congédiées. Le ventre de Cassie se noua au souvenir de l'échange avec son père qui avait suivi.

« Angela Doyle ne fait plus partie du personnel. Nous n'avons plus besoin d'une gouvernante, puisque tu intègres le pensionnat de St Bride à la rentrée. Quant à moi, je prendrai mes repas au club.

— Mais papa… Et Ashling ? C'est ma meilleure amie !

— Ashling est la fille d'une domestique. Elle n'est pas une camarade convenable pour toi. »

Cassie serra les dents. Comment les mots de son père ce jour-là, comment son expression impassible et vaguement agacée, avaient-ils encore le pouvoir de la mettre dans un tel état ? Ce n'était vraiment pas le moment de perdre la face devant Luke Broussard.

Ressaisis-toi, ma vieille !

Cet événement l'avait bouleversée, mais ce n'était pas une raison pour le laisser influer sur sa vie des années après. Oui, elle était plus heureuse quand Ash et sa mère vivaient sous leur toit, et son père s'était montré cruellement insensible en les renvoyant sans se soucier de sa réaction. De là à refuser obstinément d'apprendre à cuisiner… C'était ridicule. D'autant qu'elle n'avait rien vraiment perdu, ce jour-là. Ash était restée sa meilleure amie. Elles avaient toujours gardé le contact pendant ses années à St Bride. Et cela faisait maintenant quatre ans qu'elles vivaient en colocation, depuis que Cassie avait obtenu son diplôme et commencé à travailler pour Temple. Tout allait bien entre elles. Si on oubliait le désastre de la robe et l'incident du smoking…

Cassie s'éclaircit la gorge. Quoi qu'il en soit, elle était incapable de préparer à dîner. Et Luke semblait résolu à ne pas la laisser s'en tirer à si bon compte. Bluffer était sa seule solution. Plutôt mourir que lui avouer la vérité.

— Débrouille-toi tout seul, lâcha-t-elle, le menton levé. Je ne suis pas ta boniche.

Elle pivota sur ses talons. Mais une main s'abattit sur son épaule et l'obligea à se retourner.

— Pas si vite.

Une décharge électrique fusa dans son bras. Pourquoi ne pouvait-il pas simplement lâcher l'affaire ? Il la scruta de ce regard perçant qui semblait lire en elle.

— Tu ne sais pas cuisiner, n'est-ce pas ?

Une question rhétorique. Sa panique monta d'un cran.

— Bien sûr que si.

— Alors prouve-le moi.

— Je n'ai rien à te prouver, rétorqua Cassie avec hauteur.

Mais il était clair que Luke n'était pas dupe. Elle était démasquée.

— Je vois. Madame est une princesse, siffla-t-il avec un suprême dédain.

Elle avait beau y être préparée, l'attaque la déstabilisa. Sans doute parce qu'elle n'avait aucune excuse et le savait.

— Non, c'est juste que… Je n'ai jamais eu besoin d'apprendre, se défendit-elle. Nous avions des domestiques quand j'étais petite, puis je suis allée en pensionnat.

Elle trébucha sur le mot « domestique ». Elle n'avait jamais considéré Angela comme telle. Angela Doyle était comme une mère pour elle, raison pour laquelle elle avait été anéantie quand son père l'avait renvoyée. Mais Luke n'avait pas besoin de le savoir. Elle préférait passer pour une princesse gâtée que révéler la gamine triste et négligée qu'elle avait été, quémandant un peu d'affection auprès de gens payés pour s'occuper d'elle. C'était la réalité, même si Angela ne le lui avait jamais fait ressentir.

Luke jura entre ses dents.

— Tu avais des domestiques… C'est cela, ton excuse pour ne pas avoir appris une tâche essentielle au quotidien ?

— Pas si essentielle que cela puisque j'ai survécu sans, répliqua Cassie.

— Jusqu'à maintenant, maugréa Luke. Et ta mère ? Elle ne t'a rien enseigné du tout ?

— Ma mère est morte quand j'avais quatre ans.

Cassie regretta aussitôt cet aveu en voyant l'expression de Luke changer. Son mépris était injuste, mais cela valait toujours mieux que sa pitié.

— Navré de l'entendre, *chère*. Cela a dû être dur pour toi.

C'était la première fois qu'il l'appelait ainsi depuis qu'il avait lu le texto d'Ash. Sa compassion bourrue balaya ses défenses avec la force d'un ouragan.

« Ton problème, Cassandra, c'est que tu es faible. »

La voix de son père résonna dans sa tête. Sa poitrine se serra. Surtout, ne pas pleurer ! Pas devant Luke. Elle était fatiguée et stressée, voilà tout. Pas de quoi en faire une montagne.

Elle secoua la tête.

— Pas vraiment. Je n'ai aucun souvenir d'elle, lui répondit-elle en mentant. Et puis n'est-ce pas un peu sexiste de partir du principe qu'une mère doit apprendre à sa fille à cuisiner ?

Dévier la conversation et retourner ses attaques contre lui, c'était la meilleure stratégie. Les hommes comme Luke Broussard exploitaient la moindre faiblesse. À elle de n'en trahir aucune.

Luke haussa les épaules.

— Cela aurait pu être ton père. J'ai dit ta mère car c'est la mienne qui m'a tout appris. Selon elle, je devais absolument connaître les incontournables…

Il compta sur ses doigts en les énumérant :

— Pancakes, *gombo*, *jambalaya* et écrevisses à l'étouffée.

— À part les pancakes, je ne sais même pas à quoi ressemblent ces plats, admit Cassie, soulagée de voir Luke se radoucir.

Elle avait beau vouloir lui tenir tête, les confrontations ouvertes n'étaient pas son fort. Elle détestait les conflits.

Luke lâcha un autre juron. Peut-être méprisait-il son incompétence mais, au moins, elle n'avait plus à faire semblant de jouer les cordons-bleus. C'était déjà cela.

— Quoi qu'il en soit, nous devons bien manger, reprit-il. Pas question que je fasse tout. Que dirais-tu d'apprendre à cuisiner le *jambalaya* de ma mère ?

L'offre prit Cassie au dépourvu. Des papillons s'agitèrent dans son ventre. Puis elle vit la pitié dans ses yeux et redescendit sur Terre. Luke n'essayait pas d'enterrer la hache de guerre. Peut-être même cherchait-il seulement à remuer le couteau dans la plaie. Mais elle n'avait pas la force de l'envoyer paître. Déjà, parce qu'elle mourait de faim. Et surtout parce que la perspective de passer la soirée avec lui sans se disputer était plus tentante que celle de bouquiner seule dans sa chambre.

— Cela devrait être dans mes cordes, avança-t-elle prudemment.

Elle s'en voulait de capituler si facilement. Mais elle était épuisée, stressée et affamée. Elle se referait une dignité demain.

— Si tu me dis exactement quoi faire…

Un sourire suggestif incurva les lèvres de Luke.

— Ne t'inquiète pas. Je suis très doué pour donner des ordres.

Ça, c'est sûr. De sulfureux souvenirs de la nuit d'avant revinrent à la surface. Des ordres qu'il lui avait donnés et du plaisir qu'elle avait pris à y obéir… *Bravo, Cassie !* Comme si la situation entre eux n'était pas assez gênante !

— Va chercher le sachet d'écrevisses dans le congélateur et je te montrerai comment faire un bon *jambalaya*, lança-t-il, redevenant sérieux.

Au grand soulagement de Cassie. Flirter était tout sauf une bonne idée. Restait un autre problème.

— Euh… À quoi ressemble une écrevisse ?

La main de Luke se figea au-dessus de la poêle qu'il s'apprêtait à empoigner.

— Tu ne sais donc rien du tout ?

Son éclat de rire spontané fit courir une infinité de frissons sur sa peau, embrasant ses terminaisons nerveuses. Les écrevisses devinrent le cadet de ses soucis. Non, décidément, il fallait croire qu'elle n'apprenait rien.

Qu'est-ce qui lui avait pris de lui proposer un cours de cuisine ?

Luke regardait Cassandra secouer la poêle, le front plissé sous l'effet de la concentration. Le fumet d'ail et d'oignons frais ne suffisait pas à masquer l'odeur de pin de son propre shampoing dans ses cheveux. Elle gratta le fond avec sa spatule.

— Contente-toi de remuer légèrement, dit-il en saisissant son poignet pour guider son geste.

Le pouls de la jeune femme s'affola sous son pouce. Le feu dans son aine, qu'il croyait avoir dompté plus tôt sous la douche, atteignait un point critique. Il la lâcha vivement, comme s'il s'était brûlé. Elle était comme une prise électrique dans laquelle il ne pouvait s'empêcher d'enfoncer les doigts.

— Voilà, tu commences à prendre le coup de main.

Il recula, conscient de son début d'érection qu'il serait si tentant de presser contre ses fesses. Il jura en son for intérieur. Comment pouvait-il encore désirer cette femme ? Elle l'avait séduit dans le seul but de l'espionner pour le compte de son patron. Il ne devrait plus rien vouloir avoir à faire avec elle. Alors pourquoi sa libido échappait-elle à tout contrôle ? Et pourquoi son expression, quand il lui avait demandé de préparer le dîner, l'avait-elle remué à ce point ?

Lorsqu'elle était revenue avec le sachet d'écrevisses, en

le brandissant tel un pêcheur sa plus belle prise, son sourire triomphant l'avait atteint droit au plexus solaire. C'était là qu'il avait compris son erreur. Passer du temps avec elle, lui donner un cours particulier, tout cela était voué à tourner au supplice. Comment faisait-elle pour être aussi sexy dans le jean de Mme Mendoza ? Et pourquoi la mort prématurée de sa mère lui faisait-elle oublier sa duplicité, pour ne plus lui laisser voir que sa fragilité ?

Il coupa les poivrons en dés, puis lui expliqua comment tamiser et rincer le riz, et enfin préparer le bouillon. Peut-être était-elle encore en train de le duper. Qui sait si son petit numéro de femme courage ayant grandi sans mère n'était pas un autre stratagème ? Elle suivait ses instructions avec application, sans jamais croiser son regard. Pour ne pas qu'il voie clair dans son jeu ? Non, il avait beau tenter de durcir son attitude envers elle, il doutait qu'elle soit aussi bonne comédienne. Sa détresse quand il l'avait harcelée sur ses aptitudes en cuisine paraissait sincère. Sans le vouloir, il avait touché une corde sensible, et il répugnait à présent à s'en servir.

Il prit le riz, ainsi que les saucisses qu'il avait cuites auparavant, et versa le tout dans la poêle par-dessus les légumes.

— Que devient ta mère ? demanda Cassandra sur le ton de la conversation.

— Elle est décédée quand j'avais seize ans.

Pourquoi une question aussi personnelle ? Cherchait-elle à rompre leur trêve ? Et d'où venait cette étrange connexion qu'il ressentait entre eux ? Perdre tous les deux leur mère jeunes ne faisait pas d'eux des amis.

— Navrée de l'apprendre, murmura-t-elle. Elle était très belle.

Il leva brusquement la tête.

— Qu'en sais-tu ?

Continuait-elle vraiment à l'espionner ?

— J'ai vu une photo de vous deux dans ton bureau, répondit-elle, sur la défensive.

— Et que faisais-tu dans mon bureau ?

— Je cherchais un chargeur de téléphone pour essayer de sauver ma carrière.

Son regard s'adoucit.

— Je suis désolée pour ta mère.

Elle le pensait, cela se voyait.

— Je n'ai vu aucune photo de ton père. J'espère que, malgré sa mauvaise réputation…

— Je ne l'ai jamais connu, répondit Luke en lui mentant. Après la mort de ma mère, j'ai dû me débrouiller seul. Cela m'allait très bien.

— Alors pourquoi t'inquiètes-tu de ce que les gens peuvent trouver sur lui ? s'enquit Cassandra, sans qu'il ne discerne la moindre arrière-pensée. Sa réputation ne peut plus t'atteindre, n'est-ce pas ? Après tout ce que tu as accompli…

Il déglutit. Mais la colère qui l'envahissait chaque fois qu'il pensait à son père ne vint pas.

— Ce n'est plus le cas, répondit-il, stupéfait de découvrir que c'était la vérité.

Il se hâta de changer de sujet.

— Au lieu de poser des questions, surveille plutôt le *jambalaya*.

Sa rudesse froissa visiblement la jeune femme. Tant mieux. Il ne voulait pas penser à la mère qu'elle avait perdu, ni compatir à son chagrin. Sa propre mère avait été tout pour lui, enfant. La seule personne à le soutenir quand tout le monde le traitait plus bas que terre à cause de son père. Sa mort l'avait dévasté. Non, il n'avait aucune envie de remuer tout cela.

Mais c'était plus facile à dire qu'à faire. Le simple fait de décortiquer les écrevisses lui rappelait sa mère faisant le même geste dans leur caravane. Et le conseil qu'elle lui avait donné un jour, après une énième de ses bagarres :

« Ne te bats jamais avec personne, tu m'entends ? Cela ne sert à rien, à part leur donner un prétexte de plus pour te juger. »

Elle avait raison, bien sûr. Et il avait fini par l'écouter. Que serait-il devenu sans elle pour le guider ? Pour prendre soin de lui dans les moments difficiles ou lui apprendre comment avancer dans la vie ? Sans son amour et son soutien quand il en avait eu le plus besoin ? Son cœur se serra. *Cela ne change rien*, décida-t-il. Cassandra s'était jouée de lui. Il n'allait pas lui faire confiance juste parce qu'elle avait perdu sa mère trop jeune.

Il inspira profondément et s'efforça de reprendre le contrôle de lui-même. Sans grand succès. Impossible d'ignorer le mouvement de ses seins libres sous son pull, qui lui donnait envie de s'en saisir à pleines mains. Le désir pulsa entre ses jambes quand il s'approcha d'elle pour verser le bouillon dans la poêle.

— Tu peux arrêter de remuer, maintenant.

La jeune femme dut percevoir son changement d'humeur, car elle lâcha la spatule et s'écarta. À croire qu'il existait bel et bien un lien invisible entre eux. *Et zut !*

— La cuisson va prendre un certain temps, annonça-t-il en plaçant le couvercle sur la poêle.

Il se tourna vers elle.

— Je crains que nous ne soyons bloqués ici pour plusieurs jours, au moins.

Les joues de Cassandra se colorèrent. Mais elle n'émit aucune protestation.

— Je suppose que c'est inévitable, n'est-ce pas ?

— En effet.

Pas vraiment. Il pourrait la ramener sur le continent plus tôt s'il se résolvait à réparer lui-même la coque du bateau. Ou si, une fois le réseau revenu, il faisait venir un mécanicien pour remettre l'hydravion en état. Mais il s'accrochait obstinément à ses projets initiaux. Pourquoi devrait-il gâcher ses vacances et dépenser une petite fortune juste pour arranger Cassandra James ? Du reste, il était plus sûr de la garder sur l'île jusqu'au lancement officiel de son nouveau produit.

Elle avait raison, bien sûr : les crimes de son père n'étaient pas les siens. Pourquoi continuer à les cacher ? Cela ne conférait-il pas à cette ordure une emprise sur lui qu'il ne méritait pas ? Son regard caressa discrètement les courbes de Cassandra. La réaction de son corps ne se fit pas attendre. Raison de plus pour ne pas laisser son attraction l'inciter à l'indulgence.

Elle le dévisageait de ses grands yeux méfiants. Il eut la vision d'une jeune biche se préparant au tir du chasseur quand elle murmura :

— Je suis désolée que les choses se soient passées ainsi. Je n'ai jamais cherché à t'espionner.

Bon sang, pourquoi avait-il tellement envie de la croire ?

— Je me ferai discrète dans les prochains jours, promis, ajouta-t-elle.

— J'y compte bien, répondit-il durement.

Elle accusa le coup. Il s'interdit de fléchir.

— N'hésite pas à te servir dans les placards de la cuisine si tu as faim.

Une façon de se rattraper un peu, tout en lui faisant clairement comprendre qu'il n'y aurait plus de cours de cuisine impromptus à l'avenir.

— Je t'appelle quand c'est prêt. Tu n'auras qu'à manger dans l'une des chambres d'amis, conclut-il.

— Entendu.

La voir s'éloigner lui fit un pincement au cœur. Elle se retourna une dernière fois :

— Merci de m'avoir montré comment faire le *jambalaya* de ta mère.

— Pas de problème.

Mais c'en était un. Plus exactement, c'était elle, le problème. Et il était de moins en moins sûr de savoir comment le résoudre.

7.

Cassie sortit par la porte de derrière, emmitouflée dans le ciré emprunté à Mme Mendoza. La rosée perlant sur les rhododendrons scintillait au soleil tandis que se dissipaient les derniers vestiges du brouillard matinal. Elle avait passé la journée de la veille terrée dans sa chambre, ne s'autorisant à sortir que pour aller chauffer ses plats à la cuisine quand la voie était libre. C'est-à-dire tout le temps, Luke semblant prendre un soin particulier à ne pas tomber sur elle. Encore une journée comme cela, et elle allait devenir folle.

Son sac à dos bien calé sur les épaules, elle s'élança sur le sentier qui, d'après sa carte, faisait le tour de l'île. L'impossibilité de contacter son bureau, ni personne d'autre d'ailleurs, la stressait. Quand pourrait-elle retourner à San Francisco ? Sans parler de la tâche énergivore consistant à éviter Luke et tout nouveau tête-à-tête un peu trop intime. Elle dormait mal, rongée par l'angoisse et l'incertitude.

Sortir de la maison lui ferait du bien. Le plein air n'était pas vraiment son truc, d'habitude. Mais le seul moyen d'oublier ce qu'elle avait appris sur l'enfance de Luke était de se changer les idées. La randonnée était la seule activité s'offrant à elle. L'île était assez grande pour qu'ils ne se croisent pas. Elle avait déniché un guide ornithologique de l'Oregon. Pourquoi ne pas explorer les lieux et tenter d'apercevoir l'un de ces spécimens typiques du Pacifique

Nord-Ouest ? Cela vaudrait toujours mieux que rester confinée dans sa chambre à ressasser sa conversation avec Luke.

« Après la mort de ma mère, j'ai dû me débrouiller seul. Cela m'allait très bien. »

Le pensait-il vraiment ? Elle fronça les sourcils. Qu'est-ce que cela pouvait lui faire ? Ce n'étaient pas ses oignons. Quel droit avait-elle de lui prodiguer des conseils sur sa relation avec son père, alors qu'elle-même entretenait des rapports difficiles avec le sien ? Si elle était incapable de régler ses problèmes familiaux, elle n'avait pas à fourrer son nez dans ceux des autres.

S'occuper l'esprit, c'était la clé pour garder le cap. Surtout face à ce qui échappait à son contrôle, comme sa solitude après le renvoi d'Ashling et de sa mère. Ou le fait de se retrouver bloquée sur l'île privée d'un milliardaire taciturne, avec lequel elle commençait à s'inventer des points communs qui, de toute évidence, n'existaient que dans sa tête. L'évitement avait toujours été sa stratégie de prédilection. Voilà comment elle avait fini par remplir un sac à dos avec une bouteille d'eau, des barres de céréales et une paire de jumelles, prête à tirer le meilleur parti de sa situation. Et puis, la fatigue physique l'aiderait peut-être à mieux dormir.

Des rubans de brume s'accrochaient encore au cap tandis qu'elle marchait d'un bon pas. Au niveau du ponton où était amarré l'hydravion, le chemin s'écarta pour sinuer à travers la forêt. Cassie respirait l'air frais à pleins poumons. Rien de tel qu'une bonne randonnée pour se remettre les idées en place. Bon, elle n'y connaissait rien en ornithologie. Mais que pouvait-il y avoir de si compliqué à observer des oiseaux ?

Deux heures plus tard, Cassie atteignait, essoufflée, le sommet du promontoire rocheux. Elle se pencha en avant pour reprendre sa respiration. Peut-être devrait-elle faire de l'exercice plus souvent. Deux séances de vélo en salle par an ne constituaient clairement pas un entraînement suffisant à une randonnée de quinze kilomètres.

Après un moment, elle se redressa, émerveillée par la vue sous ses yeux. La beauté sauvage de Sunrise Island n'avait pas d'égale. L'affleurement de roche volcanique sur lequel elle se tenait formait une arche naturelle, révélant une crique cachée environ vingt-cinq mètres en contrebas. La plage de sable noir épousait le cap, ceinte entre la luxuriante forêt de pins et de séquoias d'un côté, et une falaise à pic de l'autre. Une odeur d'iode flottait dans l'air, portée par une brise bienvenue sous le chaud soleil de midi. Cassie inspira profondément, puis sortit sa carte afin de localiser sa position.

Pirate's Cove.

Un nom approprié, étant donné le propriétaire des lieux. Les papillons dans son ventre se réveillèrent.

Stop. Tu n'es pas censée penser à lui !

Un oiseau dans le ciel attira son attention. Il décrivait des cercles au-dessus de l'océan, ses larges ailes déployées. Elle fouilla dans son sac et en sortit le guide ornithologique, ainsi que les jumelles qu'elle pointa sur le majestueux spécimen. Était-ce un aigle ou un faucon ? Elle parcourut le guide en étudiant les diverses photos, puis reprit ses jumelles. N'était-il pas trop grand pour un faucon ? Oui, ce devait être un aigle.

Un cri de surprise lui échappa lorsqu'il piqua dans l'eau, avant de fuser dans les airs à nouveau, un petit poisson dans le bec. Cassie suivait sa trajectoire des yeux, fascinée par sa vitesse et son adresse, quand elle le vit survoler quelque chose. Un phoque, peut-être ? Non. La forme sombre parmi les vagues s'affina, ses contours se précisèrent…

Un nageur en combinaison de plongée.

Luke.

Les battements de son cœur s'accélérèrent. Sans réfléchir, elle dirigea les jumelles sur la silhouette solitaire. Oublieux de l'impétuosité des éléments, Luke nageait en direction de la plage, sans cesse repoussé par le violent reflux des vagues. Mais il persistait sans faiblir, avec une endurance et une détermination forçant l'admiration. Était-il en danger ? Et s'il était en train de se noyer pendant qu'elle restait plantée là sans rien faire ?

Sa peur s'évapora lorsqu'il trouva pied et se redressa, de l'eau jusqu'aux cuisses. En le regardant marcher droit devant lui, indifférent aux assauts contraires des vagues, elle ne put s'empêcher de songer au garçon de seize ans qu'il avait été, livré à lui-même, résolu à survivre et à réussir sa vie envers et contre tout. Bientôt, il atteignit le sable, ses cheveux mouillés plaqués sur sa tête, le visage bruni par le soleil. Debout sur la plage, jambes écartées et poings sur les hanches, il avait tout d'un dieu marin, auréolé de son pouvoir absolu sur les océans.

Le soulagement envahit Cassie. Tout danger était désormais écarté. Plus rien ne l'empêchait de l'admirer dans toute sa glorieuse virilité. Il était vraiment à se damner. Son désir se réveilla. Le même vertige qu'à San Francisco s'empara d'elle, plus intense encore malgré les dernières vingt-quatre heures d'évitement dans une atmosphère saturée de méfiance. Elle était si absorbée qu'elle ne le vit pas tout de suite glisser un bras dans son dos et tirer sur la fermeture de sa combinaison.

Regarde ailleurs ! Maintenant !

Elle violait son intimité. C'était indécent, et pas franchement indiqué avec le mal qu'elle avait déjà à contrôler son attirance. Mais c'était comme si une force invisible l'empêchait de baisser ses jumelles. Ses yeux s'attachèrent à ses bras musclés comme il les dégageait des manches l'un après l'autre. À chaque centimètre carré de peau exposée à mesure qu'il abaissait la combinaison sur son large torse, dont le duvet sombre entraînait le regard plus bas, vers les abdominaux ciselés. Ses doigts se crispèrent sur ses jumelles. Impossible de détourner les yeux. Même ou plutôt surtout lorsqu'il fit glisser le néoprène ruisselant le long de ses hanches, puis de ses jambes. Le tatouage ornant sa hanche pointait vers son sexe, toujours impressionnant même au repos.

Un brasier s'alluma entre ses cuisses. Mais plus que le souvenir de leur alchimie physique, ce fut celui de l'homme rencontré à San Francisco qui lui noua la gorge. Le Luke espiègle et séducteur du mariage, visiblement sous son charme avant de se retourner contre elle. L'homme qui la désirait autant qu'elle le désirait, lui. Qui ne la jugeait pas, ni ne la regardait de haut, et qu'elle avait cru retrouver quand il lui avait appris à cuisiner le *jambalaya* en partageant des confidences inattendues sur son passé. Pourquoi cela lui faisait-il si mal de se remémorer ces moments-là ?

Luke jeta la combinaison de côté, ramassa une serviette posée sur un bout de bois et entreprit de se sécher. Cassie continuait à l'observer. C'était plus fort qu'elle, même si les souvenirs que ravivait la vue de son corps nu la mettaient au supplice. Luke était et resterait toujours son premier amant. Sur le moment, elle s'était convaincue que cela n'avait aucune signification spéciale. Mais comment continuer à le croire ?

Les larmes lui montèrent aux yeux. *Ressaisis-toi, ma vieille !* Elle avait un long chemin jusqu'à la villa et préférait y arriver avant lui. Ses émotions partaient dans tous les sens, sans qu'elle ne s'explique pourquoi. Elle avait besoin d'un répit pour y remettre de l'ordre. Ce qui s'était passé la première nuit ne se reproduirait pas. Il le lui avait bien fait comprendre. Et cela lui convenait, non ? N'avait-elle pas retenu la leçon ?

Juste au moment où elle se décidait à faire demi-tour,

Luke leva les yeux vers l'endroit exact où elle se tenait. L'espace d'une seconde, Cassie demeura figée, les jumelles toujours à la main. Captive de ce regard magnétique. Prise sur le fait. Puis elle s'arracha à sa transe et plongea dans les buissons. Elle y resta cachée quelques instants avant d'oser jeter un autre coup d'œil. Sa panique retomba quand elle le vit s'approcher d'une pile de vêtements et se rhabiller sans se presser. Sans les jumelles, il n'était qu'un point dans le paysage. Aucune chance qu'il l'ait repérée d'aussi loin, à moins d'avoir un œil de lynx.

Dieu merci, il ne l'avait pas surprise en train de le lorgner comme une adolescente obsédée !

Mais son soulagement fut de courte durée. La honte la rattrapa à mesure qu'elle s'enfonçait dans la forêt. Qu'est-ce qui lui avait pris de l'épier de cette façon ? Cela ne lui ressemblait pas. Où était passée la Cassie raisonnable qui suivait toujours les règles ? Elle n'était pas vraiment une croqueuse d'hommes, libre et décomplexée, ni n'avait envie de le redevenir. Cette femme-là lui avait attiré suffisamment d'ennuis comme cela.

Cassandra James n'avait donc aucune parole…

Luke lâcha un juron. N'avait-elle pas promis de se faire discrète ? Et voilà qu'il la surprenait à l'espionner de nouveau !

Avant même de remarquer l'éclat dans les arbres, sans doute dû au soleil se reflétant sur les lentilles d'une paire de jumelles, il avait senti un frisson caractéristique le parcourir. Depuis combien de temps était-elle là-haut ? Et qu'y faisait-elle ? À part se rincer l'œil…

Il enfila son jean et boutonna sa braguette. Pas facile par-dessus le renflement de son début d'érection. Pirate's Cove était son refuge. Se baigner dans ses eaux glacées était le seul remède qu'il avait trouvé contre ce désir persistant qui le rendait fou. Et elle avait réussi à gâcher cela aussi ! La colère l'avait envahi en comprenant qu'elle l'observait, mais pas seulement. Une autre sensation s'y mêlait. Un mélange grisant de plaisir et… d'anticipation ?

Bon sang, qu'est-ce qui n'allait pas chez lui ?

Il jura de nouveau, en colère contre lui-même autant que contre Cassandra. Il l'avait surprise à l'espionner ! Quelle raison avait-il de se sentir gratifié ? Même adolescent, manipulé par ces filles auxquelles il croyait plaire, il n'était jamais tombé aussi bas. Tout lycéen qu'il ait été, avide d'être accepté et de vivre ses premiers émois sexuels. Elles ne l'avaient jamais vraiment blessé, car il ne leur avait jamais donné ce pouvoir. Personne ne valait la peine qu'on sacrifie sa fierté pour lui. Si ces filles qui sortaient avec lui le soir l'ignoraient en journée, qu'elles aillent au diable. Il était maître de sa vie, désormais. Leurs noms et leurs visages s'étaient depuis longtemps effacés de sa mémoire. Il n'avait eu aucun mal à tourner la page sur les trahisons du passé.

Mais un autre souvenir lui revint. Sa mère marchant la tête haute, serrant sa main dans la sienne à lui faire mal. Ignorant ces types qui traînaient devant le supermarché et sifflaient sur son passage.

« Hé, chérie, si tu écartes les cuisses pour un criminel, tu peux bien le faire pour moi aussi ! »

« Viens là, ma jolie, que je m'occupe de toi. Gino en a pour cinq à dix ans. Ça doit te manquer, non ? »

Luke serra les poings. Il haïssait cette bande d'ordures et leur façon de parler à sa mère, comme si elle n'était qu'un vulgaire morceau de viande. Mais c'était son père qu'il haïssait le plus.

« Il n'en a rien à faire de nous, maman ! Quand vas-tu t'en rendre compte ? »

La gifle magistrale qu'elle lui avait administrée lui brûlait encore la joue. La même rage futile qui l'avait torturé adolescent se ranima dans sa poitrine.

« Ne parle pas ainsi de ton père. Il nous aime et reviendra s'occuper de nous à sa sortie. »

C'était la seule chose sur laquelle sa mère se trompait. Gino Leprince ne les aimait pas, ni elle, ni lui. Sinon, il n'aurait pas fini en prison pour vol de voiture aggravé, purgeant sa peine sans se soucier de l'adolescente de dix-sept ans enceinte qu'il avait laissée derrière lui. Mais Célestine Broussard Dupuis était trop idéaliste pour s'en apercevoir.

Luke chassa ce souvenir, irrité contre lui-même. Qu'est-ce qui lui arrivait ? Il n'était pas crédule comme sa mère. Il avait beau l'aimer, il connaissait les fautes de Célestine, la plus grave ayant été de confondre sexe et sentiments. Elle avait cru que si un garçon lui faisait l'amour, c'était qu'il tenait à elle. Qu'il la protégerait et subviendrait à ses besoins. L'amour était un piège qui s'était refermé sur elle. Et sur lui aussi, en le forçant à grandir dans un endroit où personne ne les respectait à cause des crimes d'un autre. Au moins, cela l'avait endurci contre tous ces boniments sur l'amour, une escroquerie qui vous dépouillait de votre bon sens et de votre amour-propre.

Son échange avec Cassandra avait-il suffi à remettre en question cette précieuse leçon ? Si oui, il avait d'autant plus de raison d'être furieux contre elle.

Il jeta sa serviette et sa combinaison sur son épaule, puis se dirigea vers son kayak amarré non loin. Il poussa l'embarcation à l'écart des rochers et sauta dedans. Cassandra James s'était fichue de lui deux jours plus tôt. Et elle recommençait. Elle avait profité de son indulgence en rompant sa promesse de ne plus l'espionner. Pourquoi s'en étonnait-il ? Encore une preuve, s'il en avait besoin, qu'il ne pouvait pas lui faire confiance.

Il commença à ramer, apprivoisant les vagues avant

d'accélérer le rythme et de gagner en vitesse. Une nouvelle tempête se préparait, et le soleil descendait déjà derrière le cap. Cassandra avait une longue marche devant elle. À son arrivée, il l'attendrait de pied ferme.

8.

Cassie s'obligea à inspirer et expirer calmement. Elle s'était égarée sur le trajet du retour, distraite par l'image de Luke nu sur la plage. Ses capacités à lire une carte étaient un peu rouillées. À quand remontait la dernière fois qu'elle avait mis les pieds hors de Londres ? Alors aller randonner en forêt sur une île au large de l'Oregon… Elle s'était trompée plusieurs fois de chemin avant de retrouver le sentier côtier conduisant à la villa. Mais il lui restait encore trois kilomètres à parcourir, d'après la carte, alors que le soleil glissait dangereusement vers l'horizon et qu'un vent froid commençait à se lever. Soudain, que Luke Broussard l'ait surprise à le reluquer n'était plus sa préoccupation majeure…

Enfin, elle monta les marches quatre à quatre dans une course effrénée contre la nuit tombante. Elle atteignit l'arrière de la villa, juste au moment où mouraient les derniers rayons du soleil. Elle en aurait pleuré de soulagement. Elle avait bien failli ne pas arriver à temps ! Sa respiration revint peu à peu à la normale. Dieu merci, elle n'aurait pas à passer la nuit seule perdue dans la forêt. Elle avait toujours eu peur du noir, incapable de dormir sans veilleuse depuis qu'elle était toute petite.

Sauf dans les bras de Luke Broussard.

Elle sentait encore son corps chaud enveloppant le sien, la protégeant de la tempête et de l'obscurité…

Flûte. Comme si elle avait besoin de cela.

Elle tapa le code d'entrée et s'engouffra à l'intérieur, à l'instant même où la bruine qui s'insinuait jusque dans ses os depuis une heure se muait en averse. La porte se referma sur un début de tempête, et Cassie relâcha enfin ses épaules.

Grelottante, elle se débarrassa de son pull et de ses baskets trempés. Le chauffage au sol était une véritable bénédiction. Ses membres fourbus l'appréciaient d'autant plus après l'effort qu'elle leur avait imposé. La lumière dans la pièce contrastait avec l'obscurité engloutissant rapidement le paysage au-dehors. Son cœur se mit à battre plus vite. Sa fatigue, tant physique que morale, lui mettait les nerfs à fleur de peau. Sans parler de la migraine qu'elle sentait naître à la base de son crâne.

Terminé, les randonnées ornithologiques improvisées ! Surtout à proximité de Pirate's Cove ou à moins de trois heures de la nuit tombante.

Son estomac grogna bruyamment alors qu'elle traversait le vestiaire pour passer dans l'annexe, dont elle fouilla le congélateur. Elle avait besoin de manger quelque chose. Et aussi d'une douche chaude, d'une aspirine et d'un bon lit, dans cet ordre. Au moins, elle ne devrait avoir aucun mal à s'endormir, ce soir.

Elle finit par dénicher un plat de lasagnes aux légumes. Parfait. Son dîner sous le bras, elle remonta dans la pièce de vie et inspecta le vaste espace ouvert. Personne en vue. Luke ne devait pas être encore rentré. Cassie se relaxa. Plutôt mourir de faim que tomber sur lui. Épuisée, au bord des larmes, elle n'avait pas la force de l'affronter ce soir. Non seulement il semblait avoir le pouvoir de sonder son âme et percer à jour tous ses secrets, mais elle préférait ne pas prendre le risque de le croiser avec les images de son corps nu encore gravées sur sa rétine.

Elle traversa la pièce sur la pointe des pieds et posa le plat sur l'îlot. Le crépitement de la pluie contre la baie vitrée était presque apaisant. Plus qu'à réchauffer les lasagnes au micro-ondes, filer dans sa chambre et le tour serait joué ! En sécurité pour une autre nuit.

— Fureter partout est une manie, chez toi ?

La voix grave surgie de la pénombre la fit sursauter. Elle se retourna si brusquement que son bras heurta le plat de lasagnes qui s'écrasa par terre dans un fracas de verre brisé. La haute silhouette de Luke émergea de l'un des canapés, plus intimidante que jamais. Cassie s'appuya contre l'îlot, une main plaquée sur sa poitrine pour calmer les battements erratiques de son cœur. Depuis combien de temps attendait-il à l'affût, juste pour le plaisir de lui faire peur ?

— Tu essaies de me tuer ? articula-t-elle, la voix tremblante.

Il s'avança dans la lumière. Une onde brûlante électrisa son corps courbaturé. Il s'était douché et rasé depuis qu'elle l'avait aperçu dans la crique. Rhabillé aussi. *Dieu merci.* Hélas, le pull en cachemire noir soulignait plus qu'il ne cachait la musculature d'athlète qu'elle avait admirée quatre heures plus tôt.

Regarde ailleurs, Cassie !

Elle se força à lever les yeux. Sa mâchoire était crispée, ses lèvres pincées en une ligne sévère. Ce n'était donc pas pour rire qu'il avait cherché à lui faire peur. Il était énervé. Un frisson lui remonta l'échine.

— Je n'essaie pas de te tuer, gronda-t-il. Mais si c'était le cas, j'aurais des circonstances atténuantes.

Pas énervé… Furieux. Plus encore que lorsqu'il avait lu le texto d'Ashling. Allons bon, qu'avait-elle fait, cette fois ?

— Tu t'es bien rincé l'œil, cet après-midi ?

Seigneur. Honte et panique la submergèrent. Mais le pire était la chaleur inondant son bas-ventre.

— Tu… tu m'as vue ? bredouilla-t-elle.

Avant de s'apercevoir qu'elle venait ni plus ni moins d'admettre sa culpabilité.

Il s'approcha, la dominant de toute sa hauteur. Son odeur masculine étourdissait ses sens. Pas assez pour lui faire oublier la colère qui assombrissait ses yeux verts.

— La prochaine fois que tu utilises des jumelles pour me reluquer, évite d'être face au soleil.

Il avait dit cela d'un ton mesuré, presque nonchalant. Mais la veine palpitant sur sa tempe trahissait son effort pour garder son sang-froid.

— Je ne te reluquais pas, protesta-t-elle faiblement. Pas exactement…

— Alors que faisais-tu exactement ?

Elle s'empourpra jusqu'au front.

— J'observais un aigle… Ou un faucon. Je ne suis pas sûre. Je… je ne l'ai pas trouvé dans le guide. Mais il était très gros et…

Tais-toi, Cassie ! Qu'est-ce qui lui prenait d'ergoter sur les oiseaux ? Ce n'était pas son bafouillage incohérent qui allait le convaincre ! De fait, le visage de Luke demeurait inflexible.

— Pourquoi m'as-tu suivi jusqu'à la crique ? Et pourquoi m'espionnais-tu de la falaise ? l'interrogea-t-il d'un ton tranchant.

— Je ne t'ai pas suivi. Je ne savais même pas que tu étais là-bas. Et je ne t'espionnais pas.

Cassie se défendait comme elle pouvait. Mais plus ils évoquaient la scène sur la plage, plus ses joues s'embrasaient. Luke plissa des yeux suspicieux. Contre toute attente, sa mâchoire se relaxa et un sourire suffisant incurva ses lèvres.

— Je vois. Cela t'a excitée, pas vrai ?

— Je… je ne vois pas de quoi tu parles, bégaya-t-elle,

avec la sensation que son visage allait exploser d'une minute à l'autre.

— Pour une espionne industrielle, tu mens très mal, Cassandra.

Il s'approcha encore, empiétant délibérément sur son espace personnel. Le feu entre ses reins se propagea à tout son être. Son cœur battait si fort qu'il insufflait une énergie nouvelle à ses muscles fatigués. L'air autour d'eux crépitait, comme chargé d'électricité par l'orage au-dehors.

— Si tu veux recoucher avec moi, dis-le. Inutile d'employer des moyens détournés, susurra-t-il, provocateur. Quelle meilleure façon de passer le temps, maintenant que nous savons tous les deux à quoi nous en tenir ?

Cassie était prise entre deux feux. Entre son corps qui la poussait vers lui et sa raison qui s'élevait contre une proposition aussi insultante. Elle recula et ses fesses heurtèrent l'îlot derrière elle. Non, pas question de céder à la tentation. Pas après les accusations qu'il lui avait jetées à la figure. Elle devait à tout prix surmonter son attirance ou elle était perdue.

— Je n'ai aucune envie de recoucher avec toi, démentit-elle avec une feinte fermeté.

— Tu mens, répliqua-t-il, sûr de lui.

Non, mais quelle arrogance !

— Pas du tout.

Sa voix se fêla, rauque et mal assurée. À son grand dam. Comment faisait-il cela ? Comment pouvait-elle le désirer à son corps défendant ? Alors qu'elle levait une main pour le repousser, un éclair accompagné d'un coup de tonnerre assourdissant plongea la maison dans le noir.

Cassie étouffa un cri. Elle cligna les yeux frénétiquement, mais le voile impénétrable qui la cernait ne se dissipait pas. C'était à peine si elle tenait encore debout, tant la peur lui paralysait les membres. Elle ne voyait plus rien, ne sentait plus rien, n'arrivait plus à respirer, enfermée dans un gouffre de ténèbres sans fond. Un gémissement troubla le silence. Était-ce elle ? On aurait dit celui d'un animal pris au piège à des milliers de kilomètres. La panique l'aveuglait. Elle n'était plus qu'une gamine perdue et terrifiée, désespérément seule…

Jusqu'à ce que ses doigts rencontrent un mur de muscles et les battements réguliers d'un cœur en dessous. D'instinct, elle se raccrocha à cette unique présence humaine dans le noir.

— S'il te plaît, implora-t-elle dans un sanglot.

Elle l'enlaça de toutes ses forces et se blottit contre son corps. Contre sa chaleur. Tout ce qui pouvait faire obstacle entre elle et sa peur.

— Ce n'est rien, Cassandra. Juste une coupure de courant.

Luke était abasourdi. À peine une seconde avant, elle le rendait fou avec son expression à la fois outrée et coupable, aussi captivante que tout le reste chez elle. Puis sans crier gare, elle s'était écroulée contre lui en gémissant.

Juste au moment où la lumière s'était éteinte.

La stupeur céda la place à l'inquiétude et il referma les bras autour de son corps tremblant.

— Chut… Tout va bien. Je suis là, murmura-t-il.

Ses ongles cessèrent de lui labourer le dos. Mais elle resta recroquevillée contre lui, secouée de violents spasmes. Avait-elle seulement conscience de sa présence ? Il enfouit le nez dans ses cheveux humides de pluie, dont le parfum citronné l'émoustilla malgré lui. Quelle femme énigmatique… Elle lui faisait perdre la tête et l'instant d'après, c'était elle qui perdait tous ses moyens.

Il avait honte de sa réaction. Il avait voulu la provoquer. La voir aussi frustrée, aussi dépassée que lui par cette attraction entre eux qui refusait de faiblir. Et il avait réussi. Il l'avait vu dans ses yeux, ce même désir indomptable qui le torturait depuis trois jours. Puis la lumière s'était éteinte et elle s'était repliée dans sa coquille, hors d'atteinte. Tout ce qu'il pouvait faire était la serrer contre lui jusqu'à ce qu'elle redevienne elle-même.

Et si tout cela n'était qu'une autre ruse ? Un petit numéro destiné à s'attirer sa sympathie et sa coopération ? Non, il n'y croyait pas. Elle n'avait jamais cherché à jouer les victimes avant. Elle lui avait tenu tête, allant jusqu'à le réconforter de sa propre initiative.

— S'il te plaît, ne me laisse pas.

Son ton implorant lui vrilla le cœur. Elle avait l'air d'une gamine terrifiée !

— Je… je ne peux pas rester seule dans le noir.

— Je suis là, la rassura-t-il. Tiens bon. Le générateur de secours ne va pas tarder à prendre le relais.

Il chercha son visage dans l'obscurité et lui caressa la joue, qu'il trouva humide. Ses larmes étaient presque aussi déroutantes que sa peur. Il l'avait voulue à sa merci. Réduite à admettre que ce désir implacable entre eux la tourmentait autant que lui. Qu'il la rendait folle, chaque minute de chaque heure… Mais la sentir si vulnérable et dépendante entre ses bras le remuait au plus profond de lui.

Ce n'était pas bon signe.

Ils restèrent ainsi, pendant plusieurs secondes qui lui parurent des heures. La jeune femme tremblait toujours. Sa compassion se teinta de colère. Qu'est-ce qui avait bien pu lui arriver pour qu'elle ait peur comme cela ? Enfin, la lumière revint. La pluie contre les vitres n'était plus qu'un discret clapotis. La tempête était passée aussi vite qu'elle était venue. Mais pas celle dans sa poitrine.

Cassandra se dégagea en cillant, éblouie. Elle lui tourna le dos et prit appui contre l'îlot, le temps de se reprendre en main. Sa force de caractère forçait l'admiration.

— Désolée, murmura-t-elle, comme si elle avait la moindre raison de s'excuser. Je vais me coucher.

Le mieux était de la laisser partir. Ce qui venait de se passer ne le concernait pas. Mais, au moment où elle le dépassait, il la retint par le bras.

— Attends…

— S'il te plaît, balbutia-t-elle, la tête baissée.

Son air mortifié lui fit de la peine.

— Je suis désolée, répéta-t-elle d'une petite voix.

Il lui leva le menton avec douceur.

— Désolée de quoi ?

Son expression hagarde le frappa. Elle était épuisée. Il ne l'avait pas remarqué jusque-là, trop aveuglé par sa colère. Mais il le voyait maintenant. Dans la tension de ses épaules. Les cercles sombres sous ses yeux. La façon dont son corps tremblait quand elle soupirait. Alors elle aussi peinait à trouver le sommeil la nuit…

— Désolée d'avoir fait une scène. C'était ridicule de ma part.

Elle soutint son regard, dans une vaillante tentative pour masquer sa fatigue et faire oublier son attaque de panique.

— Ne crois pas que je sois faible, ajouta-t-elle. C'est juste qu'il ne fait jamais nuit noire, à Londres. Je n'ai pas l'habitude.

Luke s'adoucit devant cette défense peu convaincante. Il était soulagé de voir qu'elle avait surmonté sa peur, mais une part de lui s'interrogeait sur les vraies raisons d'une telle réaction. Son explication ne tenait pas la route. Personne n'était aussi terrifié simplement parce qu'il vivait habituellement dans une grande ville à la forte pollution lumineuse. Non, la jeune femme souffrait d'une véritable phobie. Comment avait-elle réussi à la contrôler le premier soir, quand ils avaient dormi ensemble dans le noir ?

Il s'abstint de poser la question. Inutile d'encourager une plus grande intimité entre eux. Cela ne le regardait pas. Alors pourquoi ne parvenait-il pas à la laisser partir ? Un sourire flotta sur ses lèvres.

— Qu'y a-t-il de si drôle ? s'enquit Cassandra d'un air vexé.

Madame était susceptible. Il lâcha son bras, amusé par son regain de fierté.

— C'est la chose la plus stupide que tu m'aies dite, répondit-il. Pour moi, tu es tout sauf faible.

Elle haussa un sourcil surpris.

— Oh… Hum, merci.

Son expression le fascinait, oscillant entre agacement et embarras. La gamine apeurée avait disparu. Il retrouvait la femme mordante qu'il connaissait, dont les yeux noisette flamboyaient quand elle était irritée. Son regard glissa vers sa poitrine pulpeuse, qui se soulevait et s'abaissait rapidement sous le T-shirt en coton, libre de toute contrainte. Les tétons durcis tendaient le logo délavé de l'université de Portland, que Luke se rappelait avoir vu plusieurs fois porté par sa gouvernante. Curieusement, le vieux T-shirt ne lui faisait pas du tout le même effet sur Mme Mendoza…

Il s'obligea à relever les yeux. Cassandra le fixait avec indignation, rouge écarlate. Il ne fit rien pour combattre son désir. C'était un état qu'il comprenait, contrairement à cette pression dans sa poitrine qui refusait de disparaître.

— Ça va ? Tu en as assez vu ?

Derrière le ton narquois perçait quelque chose qui ressemblait… à un défi ? Elle n'était donc pas aussi offensée qu'elle voulait le faire croire. Loin de là. Et il ne demandait pas mieux que de saisir la perche.

— Pas autant que toi cet après-midi, rétorqua-t-il du tac au tac.

Une flamme s'alluma dans ses yeux noisette. La même qui le consumait de l'intérieur.

— Très bien.

D'un geste fluide, elle saisit son T-shirt par l'ourlet, le tira par-dessus sa tête et le jeta de côté. Ses seins jaillirent à l'air libre, leurs pointes fièrement dressées. Un torrent de lave déferla dans son abdomen. Sa chair durcissait si vite qu'il se sentait douloureusement à l'étroit dans son pantalon.

— Et maintenant ? On est quittes ?

Il déglutit. Elle était la perfection incarnée, avec ses rondeurs féminines aussi appétissantes que dans son souvenir. Pendant un instant, il se contenta de la dévorer des yeux. Mais lorsqu'il leva la tête, il lut dans son regard la même passion débridée qui l'habitait.

— Toujours pas, grogna-t-il en effleurant un mamelon hérissé.

La plainte qu'elle émit eut raison de son self-control. Il lui agrippa les hanches et la souleva contre lui, ses sens galvanisés par une décharge de pure adrénaline. Loin d'être en reste, elle enfonça sauvagement les doigts dans ses cheveux. Quand leurs bouches se scellèrent, il avala son soupir de reddition dans un baiser vorace.

Au diable leur inimitié ! Qu'est-ce qui les retenait ? Ils en avaient tous les deux envie.

Sa langue investissait chaque recoin de sa bouche, avide de savourer son essence après deux jours interminables et autant de nuits blanches. Tout en l'embrassant, il se dirigea vers le canapé le plus proche, pressé de finir de la déshabiller avant de perdre totalement la tête. Il avait besoin de sentir sa chair moite autour de la sienne, d'entendre ses cris de plaisir vibrer contre sa peau. Il n'attendrait pas une minute de plus.

C'était de la folie.

Cassie en avait conscience, ce qui ne l'empêchait pas d'encourager Luke dans son exploration en taquinant sa langue de la sienne. Elle prenait tout ce qu'il était prêt à donner et plus encore. Elle n'était plus faible, ni misérablement seule et triste, mais sûre d'elle, maîtresse de son propre plaisir.

C'était si bon de le retrouver ! L'humiliation d'avoir montré sa plus grande peur avait cédé la place à un désir volcanique que rien ne pouvait arrêter. Sans hésiter, elle enroula les jambes autour de ses hanches, pressant son érection contre ce point en fusion entre ses cuisses. Pourquoi lutter ? Elle avait envie de lui. La froussarde pathétique de tout à l'heure n'aurait jamais dû sortir de l'ombre. Ce n'était pas l'image qu'elle voulait que Luke garde d'elle. Elle voulait qu'il la voie telle qu'elle était maintenant. Elle devait prendre le pouvoir. S'affirmer face à lui tel qu'elle en avait été incapable jusque-là.

Elle frémit d'anticipation lorsqu'il la fit basculer sur le canapé. Son corps se réveillait, affamé. Elle se retint de se couvrir, s'offrant au contraire au regard incandescent de Luke.

— Prépare-toi, murmura-t-il en enlevant son pull.

Les flammes dans la cheminée faisaient rougeoyer son torse nu, traversé d'un sillon de poils sombres disparaissant sous la ceinture du pantalon. Cassie le regarda, captivée, défaire sa braguette, puis baisser son jean et son boxer. Son sexe jaillit, fièrement érigé, plus massif que lorsqu'elle l'avait vu dans l'après-midi. Le feu de l'âtre semblait s'être propagé entre ses cuisses, là où palpitait le centre de son désir.

— Enlève ton pantalon, Cassandra.

Sa voix grave et bourrue lui rappela comment il l'avait sauvée de sa terreur, quelques minutes plus tôt.

« Chut… Tout va bien. Je suis là. »

Pourquoi pensait-elle à cela ? Elle secoua la tête et passa à l'action. En un tournemain, elle s'était débarrassée de son jean d'emprunt. Une de ses chaussettes en laine tomba avec dans sa précipitation. *Du sexe. Ce n'est toujours que du sexe,* se rappela-t-elle. L'émotion n'avait pas sa place dans ce moment.

— La culotte, maintenant.

D'autorité, il tira sur l'élastique et fit glisser le morceau de dentelle le long de ses jambes. Elle s'arc-bouta pour lui faciliter la tâche, très excitée quand il s'agenouilla entre ses cuisses. Ses grandes mains remplacèrent la culotte sur ses fesses tandis qu'il se penchait pour lui mordiller un téton. Son corps se cambra, encore et encore. Ses exquises succions étaient comme autant de décharges stimulant jusqu'à la plus petite cellule de son être.

Après un moment, il passa à la vitesse supérieure. Sa bouche s'aventura le long de son ventre jusqu'au triangle de boucles entre ses jambes. Cassie laissa échapper une plainte lorsqu'il souffla sur l'endroit le plus sensible et se hissa sur ses coudes pour le regarder écarter ses lèvres intimes. Sa tête bascula en arrière sous l'offensive experte de sa langue. Seigneur, c'était incroyable ! Il savait exactement ce qu'il faisait. Le brasier dans son abdomen devenait incontrôlable. L'orgasme la foudroya, et elle s'envola haut, très haut, un peu comme cet aigle au-dessus des vagues.

Alors qu'elle reprenait doucement ses esprits, l'ombre de Luke s'éleva au-dessus d'elle. Ses larges épaules bloquaient la lumière du feu, mais elle n'avait plus peur. Elle était vivante. Libre. Elle écarta les genoux pour mieux ceindre ses hanches. Elle avait besoin qu'il la prenne, là, maintenant. Besoin de le sentir profondément en elle et de noyer son trop-plein d'émotion dans le plaisir.

— Je n'ai pas de préservatif, articula-t-il d'une voix éraillée.

— J'ai un implant contraceptif.

Elle se félicita secrètement d'avoir choisi cette solution pour atténuer ses douleurs menstruelles qui lui gâchaient la vie.

— Je suis sain, affirma Luke. Je fais un test chaque année pour mon assurance et me suis toujours protégé. Jusqu'à maintenant.

Cassie mit quelques secondes à déceler sa question implicite. Il attendait d'elle la même garantie.

— Tu es mon…

Elle s'interrompit *in extremis*. Pas question de révéler la vérité maintenant.

— Cela fait un moment pour moi. Tu es mon premier depuis l'université, se reprit-elle en espérant que son mensonge soit convaincant.

— Vraiment ?

Il la dévisagea d'un air songeur. L'espace d'une horrible seconde, elle crut s'être trahie. Mais son sourire satisfait la rassura.

— C'est bon à savoir.

Son étreinte se resserra comme il pressait son érection contre son sexe. Était-ce elle ou y avait-il quelque chose de possessif dans sa voix ? Sa brusque pénétration balaya ses questionnements. Il se mit aussitôt à aller et venir, se retirant presque entièrement pour mieux replonger en elle, roulant des hanches dans une volonté de conquête absolue. Leur plaisir grandissait, décuplé par une émotion qui rendait tout plus intense.

Ses gémissements extatiques faisaient écho aux grognements de Luke tandis qu'ils bougeaient à l'unisson. C'était un véritable raz-de-marée qui enflait en elle, tellement plus puissant que la première fois. La main de Luke se faufila entre eux, là où se concentrait son plaisir. Il n'en fallut pas plus pour lui faire perdre pied. Elle dériva dans un océan de félicité pendant ce qui lui parut une éternité, avant de finalement s'échouer dans les bras de Luke, épuisée et repue.

Luke se hissa sur ses coudes pour ne pas écraser Cassandra. Alors qu'il se retirait, ses muscles intimes se contractèrent autour de lui, dans un ultime et délicieux soubresaut. Il pressa le front contre le sien, le souffle haché.

— C'était… intense, articula-t-il.

L'euphémisme du siècle.

— Mmh.

Cassandra avait les yeux fermés, sa voix réduite à un murmure. Il se redressa et s'assit sur le bord du canapé. L'espace d'une seconde, il avait cru qu'elle allait lui avouer qu'elle était bien vierge, la première fois qu'ils avaient fait l'amour. Un élan possessif l'avait traversé, sans qu'il comprenne pourquoi. Cela n'avait aucun sens. Il jeta un coup d'œil par-dessus son épaule. La jeune femme avait roulé sur le côté et s'était blottie contre les coussins, les mains jointes sous sa joue. Un moment plus tard, il nota le rythme lent et régulier de sa respiration.

Elle s'était littéralement endormie sous son nez !

Pareille indifférence après ce qu'ils avaient partagé avait de quoi vexer. Mais comment lui en vouloir ? Si l'orgasme l'avait chamboulé lui, dans quel état devait-elle être ? Ses yeux errèrent sur son corps doré par la lueur des flammes. Non, décidément, l'arrondi ferme des fesses, la chute de reins délicate, la crinière échevelée sur sa peau nue… lui inspiraient tout sauf de l'indignation.

Le sang afflua dans son aine. Il se hâta de renfiler son boxer. Pas question de remettre le couvert, ou lui non plus ne s'en relèverait pas. Un sourire incurva ses lèvres. Cela faisait deux jours qu'il luttait sans relâche contre ce désir irréductible. Quoi d'étonnant à ce que sa fatigue le rattrape maintenant qu'il l'avait assouvi ? C'était pareil pour Cassandra. Il remit son pull et s'empara d'un plaid au bout du canapé, qu'il étendit sur la jeune femme. Mais alors qu'il s'éloignait sans bruit, un grondement de tonnerre se fit entendre au loin. Il hésita. Et si le courant sautait à nouveau ? Si elle se réveillait seule dans le noir ? Une émotion indéfinissable s'insinua dans sa poitrine…

— D'accord, j'ai compris.

Avec précaution, il souleva Cassandra dans ses bras, enveloppée dans son plaid.

— Mmh…

Elle marmonna dans son sommeil et se lova contre son torse, confiante comme une enfant tandis qu'il se dirigeait vers l'escalier. Le cœur de Luke fit un salto.

— Viens, on va se coucher.

À l'étage, il ignora la chambre où elle avait élu résidence et entra dans la sienne. Il la déposa sur le lit, toujours enroulée dans le plaid. Elle n'était pas sous sa responsabilité… Mais il ne voulait plus jamais la voir terrorisée comme pendant la coupure de courant. Un de ses pieds dépassait du matelas, encore dans sa chaussette de randonnée. Inexplicablement, cette vision le remua.

Reprends-toi, mon vieux. Ce n'est qu'une chaussette.

Il la lui enleva et poussa doucement son pied sous le plaid, puis passa à la salle de bains. Il avait besoin d'une douche froide. À son retour, elle n'avait pas bougé d'un pouce. À coup sûr, elle était partie pour la nuit. Il s'allongea contre elle, une main posée sur sa hanche. D'où venait ce besoin de contact ? Il l'ignorait. La tenir à distance avait échoué. Peut-être qu'embrasser cette alchimie explosive qui les liait était la réponse ? Ils étaient bloqués sur l'île. Autant en profiter pour assouvir une bonne fois pour toutes leur désir mutuel.

Et après ?

Il soupira, dépassé par cette énigme insoluble nommée Cassandra. La résoudre attendrait. Il serait toujours temps, demain, de démêler ce qui lui arrivait. Et ce qu'il était censé faire avec elle. Dans l'immédiat, il avait surtout besoin de dormir.

— Lumière tamisée, chuchota-t-il en enfouissant le nez dans les cheveux soyeux dépassant du plaid.

Ainsi, la pièce ne serait pas dans le noir total. Juste au cas où.

Un bras autour de la jeune femme l'ancrant solidement à lui, il sombra dans un sommeil sans rêves.

9.

Cassie cligna les yeux, réveillée par un flot de soleil. Elle se sentait agréablement reposée. Mais lorsqu'elle bougea, une légère tension provoqua un élancement entre ses cuisses. Elle remarqua alors le plaid dans lequel elle était pelotonnée. Et l'odeur de savon au pin flottant dans l'air. Son cœur manqua un battement.

Elle était dans la chambre de Luke !

Voilà pourquoi elle avait si bien dormi. Retenant son souffle, elle se retourna lentement. Le lit était vide. La pièce silencieuse. Elle ravala une pointe de déception. Tout lui revint d'un coup : l'apparition surprise de Luke dans la cuisine, sa terreur provoquée par la panne de courant, sa honte après s'être pathétiquement cramponnée à lui. Puis le reste… Le sourire moqueur de Luke. Le défi qu'elle lui avait lancé. Sa panique quand elle avait failli lui avouer sa virginité. Et le sexe, sauvage, frénétique. Bouleversant.

Ces souvenirs s'arrêtaient là. Comment s'était-elle retrouvée dans la chambre de Luke ? Elle sortit du lit, surprise de se sentir aussi bien. Pleine d'énergie et l'esprit clair pour la première fois depuis qu'elle avait atterri à San Francisco où rien ne s'était passé comme prévu. Alors qu'elle se dirigeait vers la porte, un détail attira son regard. Une épaisse chaussette en laine, soigneusement pliée sur la commode. Celle qu'elle portait la veille. Cassie l'effleura du bout des doigts. Luke la lui avait-il enlevée après l'avoir portée jusque dans sa chambre ? Une étrange émotion lui étreignit la gorge. Elle déglutit et resserra le plaid autour de ses épaules.

Ce n'est qu'une chaussette.

Au moins, ils n'avaient pas refait l'amour ici. Quelle humiliation ! Elle s'était littéralement jetée sur lui ! Non qu'il y ait trouvé à redire. Mais pourquoi l'avoir amenée dans sa chambre au lieu de celle qu'elle occupait ? Elle tourna la poignée et entrouvrit discrètement la porte. Quelle qu'en soit la raison, elle préférait éviter qu'il la trouve encore ici.

Un délicieux arôme sucré s'élevait de l'escalier. Son estomac grogna avec véhémence. Des pancakes ? C'était de la torture pure et simple ! Elle fila dans sa chambre sur la pointe des pieds, puis droit à la salle de bains. Une douche s'imposait. Sous le jet d'eau chaude, elle se frotta longuement pour effacer l'odeur de Luke de sa peau. Et avec elle, le souvenir de ce qui s'était passé. Comment le regarder en face après cela ? Qu'est-ce qui lui avait pris de retomber dans ses bras ?

Et lui, n'était-il pas censé la détester ?

Dix minutes plus tard, Cassie entrait dans la cuisine, accueillie par le spectacle de Luke en pantalon de jogging et vieux T-shirt du MIT, retournant des pancakes dans une poêle avec la dextérité d'un professionnel. Elle en eut l'eau à la bouche, sans être sûre de ce qui lui faisait cet effet : les pancakes ou Luke.

Il leva la tête à son approche.

— Salut, lança-t-il d'un ton bourru.

Dans un stupide réflexe de vanité, elle porta la main à ses cheveux pour se recoiffer, avant de se raviser. Elle pouvait remercier le pull et le pantalon trop larges de la gouvernante qui la rendaient tout sauf sexy.

— Salut, bredouilla-t-elle.

Dire qu'elle avait trouvé le premier matin gênant… Ce n'était rien à côté de maintenant. Elle ne s'était jamais sentie aussi mal à l'aise de sa vie !

Luke éteignit la plaque sous la poêle et fit glisser le pancake sur la pile déjà cuite dans un plat.

— Assieds-toi, dit-il en désignant la table.

Le couvert avait été mis pour deux : assiettes, couteaux, fourchettes, serviettes soigneusement pliées, ainsi que deux verres de jus d'orange autour d'une plaquette de beurre salé et d'un flacon de sirop d'érable. Attendait-il qu'elle se lève tout ce temps ? Pourquoi cette idée la troublait-elle ? Luke Broussard, le mufle arrogant, elle pouvait gérer. Mais Luke Broussard, l'homme galant et attentionné… C'était une autre histoire.

— Merci, murmura-t-elle en s'installant.

Alors qu'il déposait le plat sur la table, son estomac rugit impérieusement.

— J'ai une faim de loup, commenta-t-elle pour lui signifier qu'elle appréciait l'attention.

— C'est ce que j'entends.

Son sourire en coin ne fit rien pour dissiper l'embarras de Cassie. De quoi avait-elle l'air, aussi vorace ce matin qu'elle l'avait été hier soir ?

Il se servit en pancakes, les tartina de beurre puis arrosa le tout d'une généreuse dose de sirop d'érable.

— Attaque pendant que c'est chaud, l'encouragea-t-il.

Cassie ne se fit pas prier. Au moins, pendant qu'ils mangeaient, ils n'avaient pas à parler. Par où commencer après les événements de la nuit ? Elle l'imita et posa trois pancakes dans son assiette, qu'elle recouvrit de beurre et de sirop. Puis elle en découpa un morceau et le porta à sa bouche. Un soupir conquis lui échappa. La texture aérienne du pancake se mélangeait divinement au mélange salé-sucré du beurre et du sirop d'érable.

— C'est bon ? s'enquit Luke dans un sourire.

— Exquis, répondit-elle avec enthousiasme.

Son estomac en redemandait. Cinq minutes plus tard, elle posait son couteau et sa fourchette, rassasiée. Seulement pour trouver Luke adossé à sa chaise, les yeux rivés sur elle. Le rouge lui monta aux joues.

— Désolée. Tu dois me prendre pour une vraie gloutonne…

Il sourit, de ce sourire approbateur qui faisait étinceler ses yeux verts, et qu'elle reconnaissait pour en avoir été si souvent l'objet le premier soir, avant que les choses ne déraillent. Une vive chaleur inonda son être.

Le regard de Luke glissa vers sa bouche.

— Approche, dit-il en lui faisant signe de l'index.

Sans réfléchir, elle se pencha en avant. Le même index se posa sur sa lèvre inférieure et l'essuya d'un geste caressant. Un flot de sensations submergea Cassie, qui se mua en cascade quand Luke lécha la goutte de sirop d'érable sur son doigt.

Elle se leva abruptement.

— Je vais laver la vaisselle.

Tous les prétextes étaient bons pour court-circuiter la tension sexuelle grandissante dans l'air. Mais Luke ne l'entendait pas de cette oreille. Sa main se referma sur son poignet et un feu liquide fusa dans son bras.

— Inutile, Cassandra.

— C'est la moindre des choses, protesta-t-elle, un trémolo dans la voix.

Sentait-il son pouls erratique là où son pouce appuyait dans le creux de son poignet ?

— Puisque c'est toi qui as préparé le petit déjeuner…

— Tu la feras plus tard. D'abord, il faut qu'on parle.

Son sourire s'était évanoui. Elle chancela lorsqu'il lâcha sa main. Parler ? Il voulait juste discuter ? D'accord, cela, elle savait faire. Aucun risque qu'ils finissent au lit, cette fois. Enfin… normalement.

Elle se rassit, les mains posées sur ses genoux. Sa peau là où il l'avait touchée continuait à la brûler comme une marque au fer rouge.

— De quoi veux-tu parler ? lui demanda-t-elle d'un air innocent.

— Tu le sais très bien.

Impossible de lutter quand il la transperçait de ce regard pénétrant. Aucune de ses défenses n'y résistait.

— Cela n'aurait pas dû arriver, dit-elle très vite, le cœur au bord des lèvres.

Peut-être avait-elle abusé des pancakes, tout compte fait.

— Qu'est-ce qui n'aurait pas dû arriver ?

— Tu vois ce que je veux dire…

— Pas vraiment. Tu veux parler de ce qui s'est passé quand le courant a sauté ? Ou de ce qui s'est passé après ?

Cassie s'empourpra, certaine de pouvoir faire cuire des pancakes sur ses joues. Se moquait-il d'elle ? C'était pour cela qu'il voulait parler ? Pour remuer le couteau dans la plaie ? Lui rappeler qu'elle avait doublement perdu les pédales hier soir ?

— C'est une question sérieuse, Cassandra.

Génial. Maintenant il lisait dans ses pensées.

— Les deux, j'imagine, répondit-elle dans un soupir. Si ce sont des excuses que tu veux, je suis désolée.

Plus qu'il ne pouvait l'imaginer. Elle se sentait pathétique, comme l'enfant qu'elle avait été, attendant une validation qui ne viendrait jamais. Avec Luke, elle était tombée encore plus bas en ajoutant le sexe à l'équation. Seigneur, pour qui devait-il la prendre ?

Luke continuait à la dévisager en silence. Le signal que la discussion était close ?

— Je vais laver la vaisselle, répéta-t-elle en se levant.

— Rassieds-toi.

Elle obéit sans discuter, consternée par sa propre docilité. L'ombre dans les yeux de Luke lui tordit les entrailles. De la pitié ? Encore ? Son humiliation était totale. Mais ne l'avait-elle pas méritée ? Elle s'était complètement ridiculisée puis avait tenté de reprendre le contrôle en se servant de leur intense alchimie physique. Elle lui devait une explication. Sauf qu'elle n'avait aucune envie de s'expliquer.

— Je suis vraiment désolée, murmura-t-elle.

— Cassandra.

La fermeté de son ton lui fit relever la tête.

— Qu'est-ce qui te fait croire que j'attends des excuses ?

Les émotions se succédaient sur le visage de la jeune femme, sous le regard fasciné de Luke. Surprise, honte, culpabilité, méfiance, confusion… Comment avait-il pu la prendre pour une espionne ? Elle était un vrai livre ouvert, incapable de masquer ce qu'elle pensait ou ressentait. Loin de le rassurer, cela ne fit que le troubler davantage. Il n'aurait jamais dû répondre à sa provocation, hier soir. Encore moins l'emmener dans son lit et dormir contre elle, bercé par sa respiration.

D'où lui venait ce besoin de la protéger ? Elle n'était pas sous sa responsabilité. Mais ils avaient franchi une limite la nuit précédente, qui n'autorisait aucun retour en arrière. Le pire était qu'il n'était pas sûr de le regretter. Il ne cessait de créer des précédents avec Cassandra, et ce depuis leur rencontre au mariage. Peut-être même avant cela, quand il l'avait repérée dans sa fabuleuse robe dorée, hypnotisé malgré lui. La désirer était une chose. Il avait désiré d'autres femmes avant. Mais pas avec la même force, ni le même besoin viscéral. Et jamais il n'avait été si spectaculairement récompensé. Aucune de ses conquêtes n'avait mis les pieds sur l'île auparavant – son refuge et son havre de paix. Mais il y avait amené Cassandra alors qu'il la connaissait depuis à peine quelques heures !

Même après l'avoir accusée d'espionnage industriel, au lieu de se débarrasser d'elle comme il aurait dû le faire, il avait trouvé toutes sortes de prétextes pour lui permettre de rester. Ses justifications étaient fallacieuses, il le voyait maintenant. Tout ce qu'il avait réussi à faire était encourager une intimité contre laquelle il s'était cru immunisé.

Erreur fatale.

Il ne l'était pas. Sans qu'il s'en aperçoive, elle s'était faufilée dans ses défenses. Pas seulement quand elle s'était cramponnée à lui, paralysée par la terreur, puis dans les affres de la passion. Déjà avant cela, quand il l'avait surprise à l'observer sur la plage et qu'une part de lui avait voulu qu'elle le regarde. Retenir Cassandra plus longtemps était dangereux. Il avait cru pouvoir donner libre cours à son désir sans subir aucune conséquence. Il se trompait. Mais il était encore temps de limiter les dégâts.

— Je me sens tellement idiote, confessa la jeune femme d'une petite voix. Que tu veuilles ou non des excuses ne change rien. J'ai terriblement honte de ma conduite.

L'émotion qu'il s'efforçait de contenir enfla dans sa poitrine. Mais cette fois il était prêt. Depuis le début, sa candeur le fascinait. Il doutait qu'elle soit feinte, même quand il essayait de la diaboliser. Peut-être était-il temps d'en profiter et d'obtenir des réponses aux questions qui l'obsédaient.

— Sais-tu d'où vient cette phobie ? lui demanda-t-il.

Cassandra ouvrit des yeux ronds.

— Une phobie ? Quelle idée ! Non, c'est juste que je n'aime pas le noir. Je vis à Londres, je n'ai pas l'habitude.

Encore la même excuse. Il pourrait l'accepter et en rester là. Mais sa crise de panique était encore trop fraîche dans sa mémoire. Il n'aimait pas la savoir si vulnérable. Cela lui rappelait trop les démons de sa propre enfance.

— Cassandra, tu étais terrorisée, insista-t-il. Cela ne

te ressemble pas. Tu es une femme forte. Mais certains traumatismes provoquent des peurs irrationnelles difficiles à surmonter. J'en sais quelque chose. Quand j'étais…

Il s'interrompit net. Qu'est-ce qui lui prenait ? Il n'avait jamais confié cela à personne. C'était de Cassandra dont il était question, pas de lui. Elle avait regagné en partie sa confiance, mais pas à ce point. Par chance, elle était trop absorbée dans ses pensées pour remarquer quoi que ce soit.

— Si ce n'est pas une phobie, alors qu'est-ce que c'est ?

Elle continua un moment à fixer ses mains sur ses genoux, avant de hocher la tête.

— Tu dois avoir raison, souffla-t-elle, si bas qu'il faillit ne pas l'entendre. Je n'y avais jamais pensé. J'ai toujours cru que je gérais ma peur. C'est humiliant de découvrir à quel point je me trompais.

Son honnêteté le toucha. Il fallait beaucoup de courage pour reconnaître ses faiblesses. Il ravala l'émotion qui lui nouait la gorge.

— Alors tu sais d'où elle vient ? lui demanda-t-il.

Peut-être était-ce risqué de s'engager sur ce terrain. Mais c'était plus fort que lui.

Elle leva la tête et soutint son regard. Le mélange de franchise et de fragilité dans ses yeux fit faire un salto à son cœur.

— Le soir où ma mère est morte…

Sa gorge se contracta.

— Je t'ai menti en disant que je n'avais aucun souvenir d'elle. Quand j'avais quatre ans, ma nourrice m'emmenait la voir dans sa chambre. Elle était très malade. J'adorais m'allonger près d'elle et écouter sa voix, si douce et aimante. Puis son état a empiré. Elle n'arrivait plus à parler et son odeur a changé. Une odeur de maladie et de médicament. De la morphine, ai-je appris plus tard. Je détestais cela. Le dernier soir…

Elle hésita.

— Ce soir-là, sa chambre était très sombre. J'avais peur et j'ai pleuré. Je ne voulais pas aller la voir. Elle n'était plus vraiment ma maman. Je crois qu'elle n'avait pas conscience que c'était la fin…

Elle déglutit avec peine.

— Je l'espère vraiment. Mon père, lui, était furieux. Il m'a grondée en me disant que j'étais faible.

— Tu avais quatre ans. À quoi s'attendait-il ? s'insurgea Luke dans un élan de compassion pour l'enfant qu'elle avait été.

Cassandra secoua la tête.

— Il était terrassé de chagrin. Je ne lui en veux pas. Après cette nuit-là, je n'ai plus réussi à dormir sans une veilleuse allumée. Cela aussi, il me le reprochait.

Son père ne valait visiblement pas mieux que le sien. Mais Luke s'abstint de tout commentaire. Il en avait déjà trop dit. Et son passé et les crimes de Gino Leprince n'avaient rien à voir avec le traumatisme de Cassandra.

Ses yeux suivirent son geste lorsqu'elle glissa une mèche de cheveux derrière son oreille. Sans maquillage, elle paraissait si jeune et fragile… Il serra les poings pour s'empêcher de prendre son visage et de l'embrasser avec la même passion qui les avait unis la veille. Tout allait trop vite et prenait un tour bien trop sérieux. Il ignorait ce qui l'avait poussé à l'interroger sur sa phobie. Mais son histoire avait révélé un point commun entre eux, et ce rapprochement inattendu le terrifiait.

Elle s'était montrée honnête avec lui. À son tour d'en faire autant.

— Cassandra… Le wi-fi est revenu ce matin. Je reste encore cinq jours sur l'île avant de retourner à San Francisco. Mais si tu veux partir, un bateau-taxi te ramènera sur le continent aujourd'hui même.

« Si tu veux partir… »

Cassie était sous le choc. Elle ne s'y attendait tellement pas !

Je n'ai aucune envie de partir ! Je veux rester ici, avec toi !

C'était absurde ! Évidemment qu'elle devait s'en aller. Cette situation la mettait à cran depuis des jours. Et voilà que Luke lui offrait enfin une porte de sortie. Partir maintenant lui permettrait de réaliser un rapport beaucoup plus complet pour Temple. Après tout, c'était l'unique raison de sa venue aux États-Unis. Mais dans l'immédiat elle se moquait éperdument de ses responsabilités envers Temple. Elle ne pensait qu'à Luke qui attendait sa réponse, le visage impénétrable.

C'était sans doute cela, le plus étrange. Sa carrière était tout pour elle. La seule chose qui l'épanouisse vraiment. Elle y avait consacré sa vie pour prouver sa valeur, à son père, mais aussi à elle-même. Elle ne comptait plus ses sacrifices pour en arriver là où elle était aujourd'hui. Qui sait quelles portes son poste d'assistante exécutive chez Temple Corp pouvait lui ouvrir ?

Quatre jours plus tôt, elle avait tout risqué pour une nuit de passion. Il ne se passait pas une seconde depuis sans qu'elle s'en morde les doigts. Qu'est-ce qui lui avait pris de compromettre sa carrière ? Elle donnait toujours le meilleur d'elle-même. Cette mission était capitale, pour Temple comme pour elle. Pourtant, rien de tout cela ne semblait faire le poids face aux mots de Luke, qui tournaient en boucle dans sa tête…

Tu es une femme forte.

N'était-ce pas la preuve qu'elle valait quelque chose ? Aucun homme ne lui avait jamais dit cela. Pas même son père. Peut-être parce que aucun homme ne la connaissait aussi bien que Luke avait appris à la connaître en à peine quelques jours. Toutes ces années de dévouement aveugle à son travail au détriment de sa vie personnelle, toutes ces heures supplémentaires tard le soir, ces week-ends manqués, ces amis perdus de vue… Cela en valait-il vraiment la peine ? Au fond, à trop vouloir impressionner son père, n'était-elle pas en train de devenir comme lui ? Une carriériste obsessionnelle, sans place pour rien d'autre dans sa vie ?

Cette prise de conscience l'ébranla. Peut-être n'en était-elle pas encore tout à fait là, grâce à Ashling. La seule amitié qu'elle ait su préserver ces quatre dernières années. Ash égayait son quotidien avec sa bonne humeur et cette touche de folie qui la rendait si attachante. Mais c'était injuste de se reposer sur son amie pour ne pas finir aussi aigrie que son père. Elle devait chercher son propre chemin. Celui qui lui permettrait de s'épanouir pleinement. Ce qu'elle avait trouvé dans les bras de Luke ne durerait pas. Mais pour la première fois depuis longtemps, elle s'était sentie vraiment vivante. Appréciée à sa juste valeur. Elle s'était sentie exister. Et elle n'était pas encore prête à y renoncer.

Elle prit une grande inspiration.

— Je pourrais rester et chercher d'autres projets d'investissement en ligne jusqu'à ce que tu retournes à San Francisco, suggéra-t-elle. Sauf si tu préfères que je parte aujourd'hui…

Il fronça les sourcils, visiblement surpris par sa proposition. Elle la regretta aussitôt. Et s'il refusait ? De quoi aurait-elle l'air ? Pourquoi lui donnait-elle le pouvoir de la rejeter ? Qu'espérait-elle en restant ? Mais avant qu'une seule de ces questions n'ait pu passer ses lèvres, un sourire s'esquissa sur celles de Luke.

— Je n'ai pas envie que tu partes aujourd'hui.

Son cœur bondit dans sa poitrine. Il voulait qu'elle reste. En quelque sorte. Enhardie, elle laissa parler son désir :

— Dans ce cas, je suis ravie de rester, moi aussi. Si cela te va…

Un éclair féroce traversa ses yeux verts.

— À une condition, dit-il en remettant une mèche rebelle derrière son oreille.

Un délicieux frisson la parcourut.

— Pas de travail. Nous sommes en vacances. Je connais des façons beaucoup plus agréables de passer le temps…

Le feu dans son regard ne laissait aucun doute quant à ce qu'il avait en tête. Le désir pulsa entre ses reins. Par miracle, elle parvint à recouvrer un semblant de professionnalisme.

— Mais j'ai un rapport d'investissement à présenter qui ne doit pas impliquer Broussard Tech, lui rappela-t-elle.

Il pressa un index sur ses lèvres.

— Jusqu'à quand est censé durer ton séjour ? lui demanda-t-il.

— Vendredi prochain.

Le souffle de Cassie se suspendit comme son doigt glissait le long de son cou, puis de son omoplate. Elle n'arrivait plus à penser quand il la regardait ainsi. Avec l'air de vouloir se jeter sur elle et de la faire gémir de plaisir, encore et encore…

— Cela nous laisse largement le temps, décréta-t-il. Je connais d'excellentes start-up mûres pour de nouveaux investissements. Je te mettrai en contact avec elles à notre retour en ville, d'accord ?

Cassie acquiesça, étourdie par la promesse sensuelle dans ses yeux. Aucun homme ne l'avait jamais fait se sentir aussi désirable.

— D'accord, capitula-t-elle.

— Je ne veux plus entendre parler de Temple pendant les cinq prochains jours, c'est compris ?

Tout en parlant, il s'était mis à lui caresser un mamelon à travers son pull. Cassie étouffa un gémissement.

— Compris ? répéta Luke, un sourire entendu aux lèvres.

— Absolument, répondit-elle, sans plus trop savoir à quoi elle consentait.

— Bien. Ces vacances s'annoncent prometteuses, *chère*.

Sa main délaissa ses seins pour s'enrouler autour de sa nuque et l'attirer à lui.

— Tant que tu acceptes que ce qui se passe sur l'île reste sur l'île…

C'était le cas. Il ne faisait qu'énoncer tout haut ses propres conclusions. Ce qui les rapprochait n'était pas de l'amour, ni rien de romantique. C'était plus terre à terre. Un besoin purement physique et peut-être, de son côté, une volonté de réévaluer ses priorités. D'écouter son instinct. De s'autoriser à vivre un peu.

Oui, elle l'acceptait… Alors d'où venait ce gouffre dans sa poitrine ?

Elle s'obligea à l'ignorer. Ce n'était qu'une aventure, se sermonna-t-elle. Une parenthèse dédiée au plaisir et rien d'autre.

— Oui, murmura-t-elle. Contente de voir que nous sommes sur la même longueur d'onde.

— Tant mieux.

Il lui pencha la tête et approcha ses lèvres des siennes. Le cœur battant, Cassie lui enlaça la taille.

— Continuons à l'étage, susurra-t-il contre sa bouche.

Sans attendre sa réponse, il la souleva dans ses bras et quitta la cuisine, laissant derrière eux la vaisselle sale et les restes de sa raison. Seul ce désir incandescent entre eux la gouvernait, désormais. Les cinq prochains jours étaient sa chance de profiter de tout ce que Luke avait à offrir. Le sexe bien sûr, torride et sans attaches, mais aussi tout ce dont elle se privait depuis trop longtemps. La liberté. L'aventure. La nouveauté.

Mais alors qu'elle se laissait porter vers la chambre, elle ne pouvait ignorer la sonnette d'alarme dans un coin de son esprit. Ni ce vide persistant dans sa poitrine, l'avertissant qu'elle attendait peut-être plus de cet homme qu'elle n'en avait le droit.

10.

— Debout, Cassandra !

Cassie banda ses muscles et se pencha sur sa planche comme Luke le lui avait appris. *Allez, vas-y ! Redresse-toi !* Mais ses doigts refusaient d'obéir. Dans quelques secondes, la vague la dépasserait et elle aurait manqué sa chance.

— Regarde-moi, pas la planche !

Elle leva les yeux et vit Luke, dans l'eau jusqu'aux cuisses à une centaine de mètres. Ces leçons de surf étaient sa propre idée. *Rappelle-moi pourquoi, déjà ?* Ah, oui… Parce que sinon, elle et Luke ne seraient jamais sortis de la maison ces quatre derniers jours – ni de son lit. Mais ses doigts restaient désespérément collés à la planche. Non, c'était trop difficile. Elle n'y arriverait pas…

— Cassandra, tu peux le faire !

Les mots de Luke s'élevèrent au-dessus du roulis des vagues. Vibrant de défi, mais aussi de confiance en elle. En sa capacité à trouver la bonne technique. Et comme par magie, la peur de l'échec qui la paralysait depuis la première leçon s'évanouit.

La seule pression ici est celle que tu te mets.

Elle ne faisait pas cela pour plaire à Luke, mais pour sa satisfaction personnelle. Ses derniers doutes s'évanouirent. Ses doigts se relaxèrent, les muscles de ses cuisses aussi. Déterminée, elle se hissa sur ses orteils et se mit debout d'un seul élan. Son corps reproduisit d'instinct la posture que lui avait enseignée Luke : une jambe en avant, l'autre derrière, les bras tendus pour garder l'équilibre. Il absorba le choc lorsque la planche heurta l'eau. La vague se brisa derrière elle, et la planche bondit en avant. Seigneur, elle volait ! Cassie laissa exploser sa joie, grisée par sa victoire. Ses genoux tremblaient. Mais cette fois, au lieu de se jeter à l'eau, elle ajusta ses bras afin de maintenir sa position.

Toujours debout !

Luke leva un poing triomphal en l'air.

— Bravo, Cassandra ! Tu sais surfer !

L'espace d'un instant magique, Cassie savoura ce qu'elle avait accompli. Enfin, elle croquait la vie à pleines dents ! Puis la planche tangua, et elle bascula dans l'eau. Elle but la tasse. Mais cela n'avait aucune importance, car elle avait déjà réussi l'impossible.

Cassandra James, reine de la vague !

Deux bras puissants la ramenèrent à la surface. Elle cracha et avala une grande goulée d'air. L'exaltation faisait enfler sa poitrine.

— Tu l'as fait, *chère*.

Un large sourire fendait le visage de Luke. Cassie sentit son pouls s'emballer.

— Cela compte quand même si je suis tombée ? demanda-t-elle, encore dépassée par son exploit.

— Bien sûr !

Il détacha la planche de sa cheville et la noua à son propre poignet. Puis sans crier gare, il jeta Cassie sur son épaule. Elle se laissa porter en riant, avec la planche qui rebondissait sur l'eau derrière eux. De retour sur la plage, il la déposa à terre. Ses yeux verts pétillaient. Avec ses cheveux trempés, son teint bronzé, et cette combinaison qui épousait sa stature d'athlète, il éclipsait tout concurrent.

— C'était fantastique ! s'exclama-t-elle.

— C'est toi qui étais fantastique, à surfer cette vague comme une pro.

— Oui, on va dire cela, dit-elle dans un rire. J'aimerais réessayer.

Mais au même instant ses genoux se dérobèrent. Luke la retint par la taille.

— Pas question. Tu es fatiguée, et nous avons encore le trajet de retour en kayak, lui rappela-t-il en écartant ses cheveux mouillés de son visage, d'un geste si tendre que ses jambes se liquéfièrent.

Son attitude protectrice la toucha. Pas seulement cela. Il y avait un tel respect dans son regard, une telle admiration… Les larmes lui montèrent aux yeux malgré elle.

— Tu as raison, acquiesça-t-elle.

Elle se dégagea et se frotta furtivement les paupières. Elle avait beau avoir les deux pieds sur terre, elle avait l'impression de tomber dans une chute infinie, sans rien à quoi se raccrocher.

Ces quatre derniers jours avaient été fantastiques. Mieux que cela, même. C'était comme si tous ses rêves s'étaient réalisés. Le sexe, bien sûr, était spectaculaire. Son corps gardait gravé en lui le souvenir de tous les orgasmes qu'il avait reçus, sauvages ou langoureux, toujours plus bouleversants. Mais, cela, elle y était préparée, étant donné leur rare compatibilité sexuelle.

Ce qu'elle n'avait pas prévu, en revanche, c'était d'autant apprécier la compagnie de Luke en dehors du lit. Elle avait découvert une facette de lui et d'elle-même qui dépassait la simple affinité physique. Il s'était montré si patient et investi avec elle. Ils n'avaient plus abordé de sujets personnels, conscients que cette parenthèse était limitée dans le temps. Malgré cela, les qualités qu'il avait dévoilées le rendaient vraiment unique à ses yeux.

Luke Broussard se voyait comme un rebelle. Un loup solitaire. Il avait surmonté tous les obstacles pour faire de sa vie la réussite éclatante qu'elle était aujourd'hui. Mais derrière le requin ambitieux se cachait un être profondément humain, aux petits soins pour les autres.

Il lui avait appris toutes les spécialités culinaires de sa mère. Les écrevisses à l'étouffée et les pancakes à la myrtille n'avaient plus de secrets pour elle. Il possédait également une connaissance encyclopédique de la faune et la flore locales, qu'il avait eu à cœur de lui faire découvrir. Après plusieurs randonnées à travers l'île, elle savait désormais distinguer le faucon des autres rapaces, ou l'aulne rouge du chêne de Garry. Ce matin, son énergie et son infinie patience avaient porté leurs fruits après deux après-midi passés à lui apprendre à surfer à Pirate's Cove. Il n'y avait eu aucun jugement de sa part. Pas de reproches cinglants, ni d'ultimatums. Au contraire, il n'avait cessé de l'encourager et de la féliciter à chacune de ses réussites, aussi minimes soient-elles.

Elle refoula ses larmes d'un battement de cils.

Interdiction de pleurer ! Il n'y a pas de raison. Ce doit être l'eau salée.

Luke écarta gentiment son poing de son visage.

— Ce sera pire si tu te frottes les yeux. Laisse-moi faire.

Il sortit sa bouteille de son sac et la déboucha. Puis il lui pencha la tête en arrière et lui maintint les yeux ouverts l'un après l'autre pendant qu'il y versait de l'eau propre.

— Ça va mieux ? lui demanda-t-il en lui tendant une serviette pour s'essuyer.

— Oui, merci.

Elle se força à sourire, malgré son cœur au bord de l'implosion. Non, ça n'allait pas mieux. Ils s'envolaient le lendemain pour San Francisco. Le conte de fées touchait à sa fin.

— Rentrons à la maison, dit Luke. Que dirais-tu d'un bon bain chaud ? Pour le dîner, on réchauffera un plat de Mme Mendoza.

— Excellente idée.

Cassie rassembla leurs affaires pendant qu'il allait ranger les planches de surf dans le conteneur au bout de la plage. Mais ses mots avaient porté un nouveau coup à son cœur déjà fragile.

Rentrons à la maison.

Une boule se forma dans sa gorge. Luke s'était révélé un merveilleux partenaire ces derniers jours, à tout point de vue. Mais entre eux les choses s'arrêteraient là. À elle de faire bonne figure ce soir et de savourer l'aventure jusqu'au bout avant le retour à la réalité.

— Approche.

Luke attira Cassandra sur ses genoux. Ils étaient repus après n'avoir fait qu'une bouchée des *enchiladas* de Mme Mendoza. Mais leur bain amélioré avait aiguisé un autre appétit chez lui. Il avait très envie de faire l'amour à sa jolie surfeuse depuis qu'elle avait triomphé des vagues, pour sa plus grande fierté. Mais quand il tenta de l'embrasser, elle le repoussa.

— Un problème ?

Une tension involontaire s'était insinuée dans sa voix. Il ne mettait jamais de pression à ses amantes. Sans doute s'était-il trop habitué à son empressement chaque fois qu'il la sollicitait.

— Aucun. Je suis juste fatiguée. Je vais me coucher… dans la chambre d'amis, précisa-t-elle. J'ai une journée chargée, demain. Sitôt à San Francisco, je dois m'atteler à mon rapport d'investissement, histoire d'avoir du concret à présenter à Temple la semaine prochaine.

Elle était nerveuse. Il le devinait à sa façon de parler trop et trop vite. À son corps rigide entre ses mains. Il lui caressa la taille d'un geste qui se voulait apaisant, sans vraiment savoir si c'était elle qu'il essayait de calmer ou lui-même. À la mention de son patron, une bouffée de colère l'avait immédiatement envahi. Son travail était important pour elle, il le savait. Et après cette semaine passée auprès d'elle, il comprenait pourquoi.

Cassandra était une femme intelligente, loyale et investie. C'était aussi quelqu'un d'extrêmement consciencieux. Il l'avait remarqué chaque fois qu'il lui apprenait quelque chose, que ce soit à préparer un plat de *gombo* ou à distinguer un huîtrier d'un cormoran. Elle avait une façon adorable de se concentrer sur chacune de ses instructions, comme si sa vie en dépendait. Nul doute qu'elle était une assistante exécutive hors pair. Même s'il préférait ne pas s'appesantir sur sa relation avec Temple.

Mais ils avaient un accord : interdiction de parler travail. Et elle venait de le rompre. Ils n'étaient pas censés mélanger ce qu'ils partageaient ici, sur l'île, et leurs vies professionnelles. À vrai dire, il n'aimait pas penser à son retour au Royaume-Uni. Ni à Temple. S'oublier dans le sexe et le plaisir de sa compagnie avait été si facile… Il ne s'attendait pas à autant apprécier leurs moments ensemble. Alors quand elle fit mine de se lever, il la retint contre lui. Il n'était pas prêt à la laisser partir.

Pas encore.

Pas seulement à cause de leur compatibilité physique. Certes, le sexe était exceptionnel. Mais c'était elle qui le fascinait. Sa volonté de tenter de nouvelles expériences. De surmonter ses peurs. Des peurs qu'il soupçonnait profondément ancrées en elle, et qu'elle cachait derrière une façade de professionnalisme à toute épreuve. Il savait déjà quel genre d'homme était son père. La joie sur son visage cet après-midi, quand elle avait enfin réussi à surfer, était quelque chose de dangereusement addictif.

— Je vais me coucher, répéta-t-elle.

Elle essayait de paraître agacée, mais c'était de l'incertitude qu'il percevait dans sa voix.

— Je t’ai dit que je t’aiderais pour ton rapport. Tu as oublié ?

— Non. C’est juste qu’il y a encore tellement à faire…

Il coupa court à ses objections.

— Que dirais-tu que je te présente moi-même à diverses start-up à San Francisco ? Tu pourrais aussi m’accompagner au lancement du dernier produit de Broussard Tech. Tous les noms qui comptent dans l’industrie de la high-tech américaine seront là.

Il lui avait proposé cela sur un coup de tête, sans réfléchir. Ce soir n’avait pas à marquer la fin de leur liaison… Si elle acceptait sa proposition. Pourquoi ne pas faire durer encore un peu le plaisir ? Elle ne rentrait pas à Londres avant la semaine prochaine. Ce lancement était capital pour sa société, une occasion en or d’asseoir sa réputation sur le marché international. Il voulait Cassandra à son côté. Pas seulement à l’inauguration elle-même, mais aussi à la soirée prévue ensuite dans l’un des clubs les plus en vue de la ville.

La jeune femme fronça les sourcils.

— Vraiment ? Je croyais que nos routes devaient se séparer dès notre retour à San Francisco.

Toujours aussi directe.

— Il n’y a que les imbéciles qui ne changent pas d’avis.

Il s’obligea à relâcher les épaules. Il n’était pas censé accorder une telle importance à sa réponse. Mais sa façon de se mordre la lèvre trahissait son indécision.

— Pourquoi ne pas profiter du temps qu’il nous reste ? ajouta-t-il pour la convaincre.

Allier plaisir et travail n’était pas une si mauvaise chose si chacun y trouvait son compte.

Cassandra, transparente comme toujours, semblait partagée. Entre écouter son désir et respecter les ordres de son patron. La frustration le gagna. Il n’aimait pas beaucoup Zachary Temple, bien qu’il ne l’ait jamais rencontré en personne.

Devoir l'aider l'ennuyait. Mais si Temple souhaitait investir aux États-Unis, il était prêt à lui faire une fleur si cela lui permettait de garder Cassandra auprès de lui. Le temps que ce feu entre eux ne s'éteigne de lui-même.

— Une recommandation de ma part donnera un énorme avantage à Temple s'il veut investir dans la Silicon Valley.

— Je ne sais pas…

— Qu'est-ce que tu ne sais pas ? s'impatienta-t-il.

Pourquoi hésitait-elle ? Il savait qu'elle en avait autant envie que lui. Alors où était le problème ?

— Je ne suis pas sûre que Temple apprécie que j'assiste au lancement en tant que ton invitée.

Son invitée ? Pas sa partenaire ? La bile lui monta à la gorge. Il s'exhorta au calme. Inutile de le prendre personnellement. Elle s'inquiétait pour son travail. Elle craignait de commettre un faux pas ou de manquer de professionnalisme, voilà tout. Cela n'avait rien à voir avec lui, ni même avec sa loyauté envers Temple.

— Hé, pas la peine d'en faire un plat…

Il lui souleva le menton, ignorant le goût amer dans sa bouche et le souvenir de toutes ces fois où on avait eu honte d'être vu avec lui.

— C'est juste une chance de profiter encore un peu l'un de l'autre, dit-il avec une désinvolture qu'il était loin de ressentir. Et de compléter ton rapport par la même occasion. Mais si tu veux en rester là, je n'insiste pas.

Il scruta sa réaction, soulagé quand le doute sur ses traits se dissipa. Cela ne devrait pas lui importer autant. Il n'était plus le garçon laissé pour compte d'autrefois. Il n'avait pas besoin de la validation de Cassandra.

— Je… D'accord. Pourquoi pas ? Si tu es sûr que cela ne te dérange pas…

— Me déranger ?

Il ne put retenir un rire. Du Cassandra tout craché.

— Non, *chère*. Au contraire.

Elle esquissa un sourire timide, comme si elle n'était pas tout à fait sûre d'elle mais prenait le risque malgré tout. Ce courage lui plut. Une étrange pensée lui vint : s'il était sorti avec Cassandra au lycée, elle ne l'aurait pas ignoré en classe le lendemain. Il secoua la tête. C'était absurde. Et d'où venait cette fierté à l'idée d'avoir Cassandra James à son bras lors de l'inauguration ? Elle n'était qu'une passade, rien de plus.

— Alors c'est entendu. Que dirais-tu de fêter cela ?

Il promena le pouce sur sa lèvre inférieure pour l'empêcher de se la mordre. Ses joues s'embrasèrent aussitôt. Dieu ce qu'elle pouvait être adorable ! Incapable de se contenir plus longtemps, il captura sa bouche, Elle lui livra immédiatement passage, dans un soupir de reddition dont il se délecta. Quand leurs lèvres se séparèrent, son regard était hébété, assombri par le désir.

— Tu veux toujours dormir seule ce soir, *chère* ?

Elle fit non de la tête.

— Je n'en ai jamais eu envie…

Son cœur se gonfla à cet aveu. Il la souleva dans ses bras et la porta jusqu'à sa chambre. Leur chambre. Le désir dans ses veines était comme la vague de cet après-midi. Une déferlante que rien ne pouvait arrêter, emportant toute émotion sur son passage.

11.

— Tu es sublime, *chère*.

Cassie sentit deux bras puissants s'enrouler autour de sa taille.

— Heureusement que cette robe te couvre plus que la précédente…

Cette remarque la fit rire. Elle avait acheté sa tenue la veille en se mettant dans la peau d'Ashling, avec l'espoir d'être aussi branchée qu'au mariage. Mais Luke avait raison : la robe de créateur en soie couleur bronze en dévoilait beaucoup moins que la première en lamé doré, désormais en boule au fond de sa valise.

— Je ne voudrais pas qu'on te regarde avec trop d'insistance, susurra-t-il. Je risquerais de distribuer des coups de poing.

Il l'embrassa dans le cou, puis ses lèvres s'égarèrent vers son lobe d'oreille. Un agréable frisson traversa Cassie. Elle s'éclaircit la gorge, en ignorant le sourire moqueur de Luke dans le miroir.

— Très drôle, le rabroua-t-elle, certaine qu'il disait cela pour la taquiner.

Elle contempla le délicat drapé de soie, tellement plus sage que la robe d'Ash. Celle qui avait tout déclenché…

Elle n'aurait jamais dû accepter la suggestion de Luke de prolonger leur liaison. Après quatre jours supplémentaires auprès de lui, cela ressemblait un peu trop à une vraie relation. Cassie avait l'impression de perdre de vue la réalité. En restant avec lui à San Francisco, elle ne s'était pas attendue à ce qu'il se montre si… attentif. Sitôt en ville, il avait fait transférer ses bagages de l'hôtel où elle était descendue à son appartement au Presidio. Puis il lui avait organisé plusieurs entrevues avec des P-DG de jeunes start-up dynamiques. Les informations qu'elle avait récoltées constituaient une véritable mine d'or pour des investisseurs potentiels. Temple serait enchanté de son rapport.

La veille, elle était enfin parvenue à joindre son patron. Par chance, il était resté calme quand elle l'avait informé que Broussard Tech n'était pas intéressé et qu'elle suivait d'autres pistes. À vrai dire, il lui avait paru préoccupé. Restait à espérer qu'il n'y ait aucun lien avec le stupéfiant message d'Ash découvert en rechargeant son téléphone.

Gwen est toujours en congé maladie. C'est moi qui la remplace auprès de Temple.

Sérieusement ? Ash travaillait pour Temple ? Après avoir tant rechigné à aller chercher son smoking ? Et lui avoir fait faux bond, en plus de cela ?

Mais Cassie n'avait guère eu l'occasion de creuser cette histoire. Ash s'était montrée très évasive sur leur arrangement et plus intéressée par son aventure avec Luke. Et comme Cassie répugnait à aborder ce sujet, elle n'avait pas non plus insisté pour qu'Ash lui en dise davantage. Des problèmes plus urgents l'accaparaient. Comme comment éviter d'avoir le cœur brisé quand elle rentrerait à Londres dans trois jours, par exemple. L'inauguration le matin même avait été un franc succès. Mais impossible de rester concentrée sur son rôle avec Luke constamment à son côté. Elle qui s'attendait à être une invitée anonyme parmi d'autres…

— Es-tu sûr que ce soit une bonne idée que je vienne ce soir ? lui demanda-t-elle. À part Ash, personne n'est au courant pour… pour nous. Je ne voudrais pas outrepasser les limites du professionnel.

Un mensonge éhonté. Il y avait longtemps qu'elle avait franchi cette limite – douze jours, exactement. Si elle tenait à garder leur liaison secrète, ce n'était pas à cause du travail, mais par crainte de perdre le contrôle de ses sentiments.

— As-tu honte d'être vue avec moi ?

Malgré son sourire, toute trace d'amusement s'était évanouie des yeux de Luke.

— Bien sûr que non, s'empressa-t-elle de le détromper.

L'avait-elle insulté par mégarde ? Sa poitrine se serra. Sa relation avec Luke avait beau risquer de compromettre sa réputation, surtout auprès de Temple, ce n'était pas la vraie raison de ses réticences.

Elle déglutit.

— C'est juste que… Je ne pensais pas que nous nous afficherions autant comme… comme un couple.

Ce qu'ils n'étaient pas. Cette relation n'était pas réelle. Du moins, plus pour très longtemps.

Le regard de Luke capta le sien.

— Tu dois venir. Ce serait dommage de gâcher cette robe, non ?

Il pressa une paume contre la soie légère, qui frotta lascivement contre sa peau.

— Même si je ne pense à rien d'autre pendant la soirée qu'à te l'enlever, continua-t-il en promenant un doigt sur ses seins, dont les pointes durcirent aussitôt.

Elle frémit, transportée comme chaque fois qu'il la touchait. Chaque fois qu'il posait son regard de braise sur elle. Chaque fois qu'il lui faisait ressentir des choses qu'elle n'avait jamais ressenties avant…

Sa main enveloppa la sienne.

— Ne t'inquiète pas. Nous ne resterons pas longtemps.

Il l'embrassa sur la tempe, avant de l'entraîner vers leur ascenseur privé.

— Raison de plus pour arriver avant minuit, si nous voulons partir tôt, ajouta-t-il en pressant le bouton.

Ses yeux avaient retrouvé leur éclat malicieux. Cassie s'abandonna à la chaleur familière déclenchée par les mots de Luke. Ce ne fut que plus tard qu'elle comprit… Lorsqu'il l'aida à descendre de la limousine et la guida, les doigts toujours entrelacés aux siens, à travers le barrage de paparazzis massés devant le club loué pour la soirée : trois étages offerts aux DJs les plus renommés du monde, au sein d'une emblématique usine de conserves du XIXe siècle sur Fisherman's Wharf. Comment ne l'avait-elle pas saisi plus tôt ? Avec Luke Broussard, elle avait mis en jeu bien plus que sa carrière. Et elle ne pouvait s'en prendre qu'à elle-même.

— J'ai bien cru que nous n'arriverions jamais à nous éclipser.

Le soleil se levait sur la baie lorsqu'ils arrivèrent à l'appartement. Sitôt le seuil franchi, Luke plaqua Cassandra contre la vitre et ravagea sa gorge de baisers, là où palpitait son pouls. Enfin ! Il la voulait ici, maintenant. Il n'avait pensé qu'à cela toute la soirée. Danser avec elle avait été un supplice. Sentir son corps souple se mouvoir contre le sien, sans pouvoir aller plus loin… Mais il l'avait marquée du sceau de sa possession, ce soir. Revendiquée publiquement comme sienne, de la seule façon qui comptait.

« À part Ash, personne n'est au courant pour nous. »

Un goût amer lui emplit la bouche. Peu importe. Elle était à lui. Si elle espérait le cacher, elle se fourrait le doigt dans l'œil !

Cela lui était sorti de la tête pendant qu'il l'exhibait devant les photographes. Quand il la tenait serrée contre lui tandis qu'on venait le féliciter pour son nouveau lancement. Quand il fêtait son succès avec elle dans ses bras au son d'un tube de rap rétro. Mais à présent ses mots revenaient le narguer, et il tira violemment sur sa robe. Le bruit de tissu déchiré fendit le silence du *penthouse*.

— Luke… Quelque chose ne va pas ? lui demanda-t-elle.

La confusion transparaissait sur ses traits.

— Plus maintenant, grogna-t-il en soupesant un sein pour en sucer la pointe.

Elle tressaillit, et il sentit son téton durcir sous sa langue. Il lui arracha les restes de sa robe et l'admira, debout devant lui dans rien d'autre que sa petite culotte.

— J'ai besoin de toi, souffla-t-il en pressant la main contre son sexe à travers la dentelle.

Le désir de la posséder, qui l'avait tenaillé toute la soirée, explosait à présent avec une force qui le dépassait lui-même. Ses doigts se glissèrent sous le tissu et trouvèrent son clitoris.

— Dis-moi que tu as besoin de moi, toi aussi.

Elle fit oui de la tête, le regard voilé mais fixé sur lui et lui seul pendant qu'il nouait ses jambes autour de ses hanches et se débattait avec sa braguette. Son érection enfin libre, il déchira l'ultime barrière entre eux et plongea en elle.

Elle l'accueillit dans un cri étouffé. Mais ce n'était pas encore assez. Il la voulait toute à lui, jusqu'à la plus infime parcelle de son être. Conquise et vaincue. Marquée à jamais. Il se mit à aller et venir, ses coups de reins de plus en plus brusques à mesure qu'il accélérait le rythme. Plus. Il voulait plus. Cassandra haletait, la tête renversée contre la vitre. Ses muscles convulsèrent autour de lui quand l'orgasme l'emporta, tout près de l'entraîner lui aussi. Mais il tint bon. Ce n'était toujours pas assez. Il voulait sa reddition totale, sans condition.

Cela le choqua. Mais son propre orgasme enflait entre ses reins, d'une intensité frôlant l'insoutenable. Il se sentait à vif, mû par une énergie désespérée. Soudain, il était de nouveau cet adolescent en quête d'approbation, prêt à tout pour être respecté. Être aimé.

— Encore, grogna-t-il. Jouis pour moi.

Il continuait à la pilonner sauvagement. Il se faisait l'effet d'un fou furieux. Étreignant la jeune femme d'un seul bras, il chercha le bourgeon humide entre ses cuisses. Son orgasme fut encore plus ravageur que le premier. Dans un râle rauque, il lâcha prise à son tour et déversa sa semence en elle. Ensemble, ils s'écroulèrent sur le tapis, leurs membres entremêlés. Le souffle saccadé de Cassandra balayait son cou. Il l'enlaça plus étroitement. Et il sut, alors, qu'il l'avait faite sienne de la seule manière dont il serait jamais capable.

Cassie se redressa, encore pantelante. Que venait-il de se passer ? Tout s'était enchaîné dans un tourbillon. Elle se sentait éperdue, conquise corps et âme…

Autant se rendre à l'évidence : contre toute prudence, elle était tombée éperdument amoureuse de l'homme dont la tête reposait contre son épaule. L'un et l'autre s'efforçaient tant bien que mal de reprendre leurs esprits. Ce n'était pas juste du sexe. Cela ne l'avait jamais été. Pas pour elle.

Son téléphone bipa. À 6 heures du matin ? Aucune importance. Tout était bon pour échapper à cette pression dans sa poitrine, qui grandissait depuis des jours et menaçait à présent d'éclater. Elle ne pouvait pas être amoureuse de Luke. Ce serait revenir à la case départ, sa confiance en elle réduite en miettes par un homme incapable de l'aimer.

— Hé…

Luke lui saisit le poignet au moment où elle sortait son téléphone de son sac.

— Ignore ça.

C'était un ordre, pas une demande. Son cœur se serra. Elle avait renoncé à une si grande part d'elle-même pour lui… Tout cela n'avait plus aucun sens. Elle devait s'en aller. Partir d'ici au plus vite, avant que le mal ne devienne irréparable.

— Non. Cela pourrait être important.

Elle se leva et ramassa les restes de sa robe en lambeaux pour se couvrir. Ce qu'ils venaient de vivre… C'était si brut. Si primitif. La panique la gagna. Et si Luke la perçait à jour ? Les doigts tremblants, elle débloqua son téléphone et lut le message de son patron.

J'ai besoin de toi. Peux-tu sauter dans le premier avion ?

Elle cilla. Cela ressemblait si peu à Temple. Mais passé sa surprise, elle sut qu'elle tenait une échappatoire. C'était lâche et pitoyable, bien sûr, aussi se hâta-t-elle de taper sa réponse avant de changer d'avis. C'était devenu une question de survie. Si elle restait un jour… non, une minute de plus, son indépendance et son amour-propre n'en sortiraient pas indemnes.

Elle avait des doutes sur le fait d'apparaître à son bras à l'inauguration et lui en avait parlé. Cela ne l'avait pas empêché de la présenter à tout le monde, y compris les personnes qu'elle avait rencontrées pour son rapport d'investissement, comme s'ils étaient en couple. Savait-il ce que cela lui ferait ? Avait-il agi en connaissance de cause ? Ou ne s'en souciait-il pas une seconde ? Peut-être était-il simplement fidèle à lui-même : attentionné, mais aussi autoritaire, arrogant, possessif. Et il ignorait la profondeur de ses sentiments pour lui et les illusions dont elle se berçait depuis quelques jours. Comment pourrait-il soupçonner le mal qu'il lui faisait ?

— Je dois rentrer plus tôt que prévu, annonça-t-elle d'une voix aussi égale que possible.

— Pour quelle raison ?

Il s'approcha par-derrière et la fit pivoter sur elle-même. L'humiliation lui brûla les joues. Il était déjà rhabillé. Il n'avait eu qu'à remonter sa braguette alors qu'elle tremblait, nue, encore sonnée par son orgasme. Voulant ce qu'elle ne pouvait avoir.

— De qui est le message ? Il y a un problème ?

L'inquiétude dans ses yeux lui fissura le cœur. Il tenait à elle… Simplement pas comme elle tenait à lui. Cela faisait encore plus mal.

— De Temple. Il a besoin de moi.

L'expression de Luke changea du tout au tout. La colère déformait ses traits, et sa voix suintait le mépris lorsqu'il s'exclama :

— Tu plaisantes ? Qu'est-ce que tu es, son petit chien ?

Le choc la cloua sur place. L'attaque était aussi brutale qu'injustifiée. Était-ce de la jalousie qui flamboyait dans ses prunelles ?

— C'est mon patron, rappela-t-elle, sur la défensive. Mon travail compte beaucoup pour moi.

— À d'autres ! Il n'a qu'à claquer des doigts pour que tu rappliques aussitôt !

Cassie serra sa robe déchirée contre elle. Tout ce qu'elle croyait savoir sur lui, sur elle-même, se désagrégeait sous ses yeux. Au prix d'un effort surhumain, elle ravala sa honte et garda son calme.

— Qu'est-ce que tu insinues ?

— Dis-moi simplement une chose, gronda Luke. As-tu couché avec lui ?

L'accusation fut un véritable coup de poignard.

— Salaud ! Tu étais mon premier…

— Quoi ?

La stupeur se peignit sur le visage de Luke. Cassie aurait voulu disparaître. Ou au moins revenir en arrière.

— Qu'est-ce que tu viens de dire ?

— Rien. C'est sans importance.

— Bon sang, Cassie ! Dis-moi la vérité ! insista-t-il, comme si cela comptait pour lui.

Mais elle entendait l'acier dans sa voix. Lui avouer sa

virginité, ce serait se rendre plus insignifiante encore. La vérité était qu'elle lui avait tout donné d'elle, sans jamais n'être plus qu'une passade pour lui. Comment avait-elle pu être aussi stupide ? Elle ne lui devait aucune explication.

— Peu importe, répéta-t-elle en s'efforçant d'y croire. Ce qui est sûr, c'est que tu ne seras pas mon dernier.

Il accusa le coup comme si elle l'avait giflé.

— Pourquoi m'avoir menti ? persista-t-il.

Mais lorsqu'il lui saisit le bras, elle se dégagea violemment.

— Ne me touche pas !

Sa priorité, désormais, était de se protéger. Luke et ses démons n'étaient pas son problème. Elle avait suffisamment à faire avec les siens.

— Je m'en vais. N'essaie pas de m'en empêcher.

Elle savait qu'elle l'avait blessé en voyant son bras retomber. Elle courut s'enfermer dans la chambre pour ne pas fondre en larmes devant lui. Comment avait-elle pu s'offrir si totalement pour si peu en retour ? Depuis le début, elle ne faisait que se plier à sa volonté, se perdant elle-même. Elle lui avait confié des choses qui lui avaient donné une emprise sur elle, sans demi-tour possible. Lui n'en avait jamais fait autant. Il était resté hermétique, maître de lui-même et de la situation. Après s'être laissé abuser de la sorte, s'enfuir était la seule issue qui lui restait.

Elle s'habilla avec des gestes maladroits, secouée de sanglots silencieux. Puis après avoir jeté toutes ses affaires pêle-mêle dans sa valise, elle rouvrit prudemment la porte. Le salon était vide. Tant mieux. Une autre confrontation avec Luke était au-dessus de ses forces. Mais le soulagement qu'elle attendait ne vint pas. Elle griffonna un mot pour s'excuser une dernière fois. Le blesser n'avait jamais été son intention. Un autre regret à ajouter à sa liste déjà longue.

Elle parvint à se dominer jusqu'à ce qu'elle soit dans

le taxi, en route pour l'aéroport. Mais lorsqu'elle écrivit à Temple qu'elle rentrait après avoir réservé son billet d'avion, les larmes ruisselèrent à nouveau, sans qu'elle puisse les retenir. Rentrer à Londres ? Comme si elle pouvait encore s'y sentir chez elle, désormais…

Ses doigts la démangeaient de composer le numéro d'Ash. La solidarité indéfectible de son amie ne lui avait jamais autant manqué. Le taxi prit la sortie sur l'I-80 et le Golden Gate Bridge disparut dans le rétroviseur. Sa gorge se noua. Elle songea à Luke, à son regard la dernière fois qu'elle l'avait vu… et rangea son téléphone dans son sac. Elle ne méritait pas le soutien d'Ash, ni sa compassion. Elle était seule responsable de ce désastre. À elle d'apprendre à vivre avec.

12.

— Je veux voir Cassandra James.

Luke toisait l'homme debout derrière son bureau en acajou. Il avait dû forcer le passage entre une secrétaire et deux membres de la sécurité pour arriver jusqu'à lui.

Zachary Temple le foudroya du regard.

— Qui êtes-vous ? Et comment diable êtes-vous entré ?

Un peu plus grand que lui, vêtu d'un costume trois-pièces, le patron de Cassandra était aussi snob qu'il l'avait imaginé. Son expression furieuse l'aurait intimidé autrefois, quand il n'était qu'un débutant issu des quartiers défavorisés. Plus maintenant. Il arrivait tout droit de l'aéroport, après un vol de douze heures passé à ruminer sa frustration. Il n'hésiterait pas à envoyer promener quiconque se dresserait sur son chemin. Surtout ce richard arrogant.

Il n'aurait jamais dû laisser partir Cassandra. Mais il avait eu besoin d'un moment pour mettre de l'ordre dans ses émotions après l'aveu de la jeune femme.

« Tu étais mon premier. »

Ces mots l'avaient complètement déstabilisé. Puis la peur avait pris le dessus. Celle d'avoir déjà perdu ce qu'il ignorait posséder. Dans combien de bagarres futiles sa susceptibilité l'avait-elle entraîné, adolescent ? Il voulait une chance de lui présenter ses excuses. De s'expliquer et vérifier que cette confession signifiait bien ce qu'il croyait.

Mais pour cela, il devait d'abord la trouver. Et le dernier obstacle entre elle et lui était ce Temple.

— Gwen, dans mon bureau ! aboya-t-il.

La secrétaire entre deux âges bousculée deux minutes plus tôt apparut à la porte.

— Je suis désolée, monsieur Temple. Il a dit qu'il avait rendez-vous…

— Depuis quand est-ce que j'accorde des rendez-vous à des inconnus ?

— Je suis Luke Broussard, de Broussard Tech, intervint Luke.

Temple avait beau prendre des airs dans son costume sur mesure, il semblait aussi à cran que lui, avait-il noté.

— Quel honneur ! ironisa Temple. L'homme qui m'a fait perdre ma meilleure assistante, en personne !

— Que voulez-vous dire ? Où est Cassandra ?

L'inquiétude envahit Luke. Comme lorsqu'il était rentré de son tour dans le quartier pour se calmer et avait trouvé l'appartement vide, à l'exception d'un mot de Cassandra :

Luke,
Je dois m'en aller. Cela n'a rien à voir avec Temple ou mon travail.
J'ai perdu de vue que nous deux, ce n'était qu'une aventure. J'ai cru que cela pouvait être plus. C'est ma faute, tu n'y es pour rien.
Pour répondre à ta question, oui, tu es mon premier. Je n'aurais pas dû te le cacher. C'était donner de l'importance à ce qui n'en a pas.
S'il te plaît, restons-en là.

Ces mots lui avaient vrillé la poitrine. Il avait lu la honte et l'orgueil blessé entre les lignes. Mais cela lui avait au moins permis de réfléchir à sa conduite et de prendre conscience de certaines choses qu'il aurait dû comprendre bien avant.

La vérité sur sa virginité avait été une leçon d'humilité. Cassandra lui avait menti. Qu'est-ce qui l'avait incitée à agir ainsi ? Une chose était sûre : rien entre eux n'avait jamais été simple. Le plus déroutant était qu'il n'avait plus aucune envie que ce le soit. Mais dans l'immédiat, il se faisait l'effet d'un surfeur débutant englouti par les vagues, pour qui revoir Cassandra serait le seul moyen de remonter à la surface.

— Je suppose qu'elle est chez elle, courtisée par tous mes concurrents, répondit Temple. Je ne vous en remercie pas.

— Vous voulez dire qu'elle a démissionné ?

La culpabilité lui tordit le ventre. Cassandra adorait son travail. Pourquoi être partie ? Était-ce par sa faute, cela aussi ? Les paparazzis s'en étaient donné à cœur joie lors de l'inauguration. Voir les photos d'eux deux dans les journaux ce matin l'avait forcé à reconnaître une autre vérité. Il avait voulu Cassandra à son bras. La présenter comme sa compagne lui était venu naturellement. Cela n'avait rien à voir avec une quelconque revanche contre tous ceux qui l'avaient ostracisé autrefois. Pas une seconde il ne s'était soucié de la position dans laquelle il la mettait, au point de la pousser à quitter son travail. Mais il restait une lueur d'espoir. Si plus rien ne la retenait au Royaume-Uni, alors peut-être…

Pas si vite, mon vieux.

Son opportunisme lui fit honte. Il n'avait rien donné à Cassandra. Pas une miette de lui-même. Se préserver passait avant tout. Elle avait besoin de comprendre pourquoi il avait profité de ses sentiments. Pourquoi il avait pris sans rien offrir en retour. Elle devait connaître le garçon qu'il avait été. Qu'il avait cru avoir laissé derrière lui, mais qui s'accrochait, prêt à se battre, pas à guérir… Jusqu'à aujourd'hui.

— Il faut absolument que je lui parle. Donnez-moi son adresse, s'il vous plaît, implora Luke.

Tant pis pour sa fierté. Temple resta de marbre.

— Pourquoi le ferais-je ? C'est non seulement contraire à l'éthique, mais aussi illégal. Qu'est-ce que cela peut me faire que…

— S'il vous plaît. Je dois lui dire…

Que je suis tombé amoureux d'elle. Il n'aurait pas été plus secoué si le ciel lui était tombé sur la tête. Mais il était prêt à l'accepter, désormais. Même si cela le terrifiait. Restait à persuader Temple.

— Lui dire quoi ? s'impatienta ce dernier.

Luke l'aurait étranglé sur place !

— Je sais pourquoi elle a démissionné, répondit-il. Vous voulez qu'elle revienne ? Laissez-moi lui parler.

Comme s'il allait aider ce type à récupérer Cassandra. Il n'aimait pas Temple. Il n'avait aucun scrupule à lui mentir pour parvenir à ses fins.

— C'est personnel, ajouta-t-il. Je l'ai blessée et je veux me racheter.

Temple le dévisagea en silence un long moment. Luke commençait à croire qu'il s'était humilié pour rien quand, sans crier gare, il s'empara d'un bloc-notes sur son bureau et griffonna quelque chose dessus. Puis il arracha le feuillet et le lui tendit.

— Tenez. Mais si vous lui faites encore du mal, vous aurez affaire à moi.

Luke le salua avec gratitude. Pour un peu, il l'aurait embrassé ! Il fila sous les yeux ahuris de la secrétaire et des deux membres de la sécurité. Tout ce qu'il lui restait à faire était de trouver les mots pour se faire pardonner de Cassandra. Ou au moins limiter les dégâts.

Cassie leva la tête au bruit de la sonnette d'entrée. Ash ? *Enfin !* Typique de son amie d'oublier ses clés. Elle s'était retenue de la contacter pendant tout le vol de retour. Mais à l'appartement, elle n'avait trouvé qu'un mot d'Ash écrit à la va-vite, expliquant qu'elle était rentrée en Irlande pour raison familiale. Cassie n'avait reçu aucune réponse à ses textos. Face à ce silence radio, elle avait fondu en larmes et ne cessait de pleurer depuis.

Reniflant bruyamment, elle essuya ses yeux rougis et se dirigea vers la porte en traînant les pieds. Elle se faisait l'effet d'un zombie perdu en plein brouillard. Qui aurait cru qu'un chagrin d'amour puisse être aussi violent ? C'était comme avoir la grippe et la gueule de bois en même temps, en plus du décalage horaire !

Elle s'y prit à deux fois pour défaire la chaîne. Peut-être Ash réussirait-elle à lui remonter le moral ? Pleurer pendant douze heures n'avait pas arrangé sa déprime. Lorsqu'elle ouvrit la porte, son cœur s'arrêta.

— Luke ?

Était-ce une hallucination ?

— Cassandra…

Si oui, elle savait parler. La voix rauque et familière s'insinua droit dans ses défenses. L'espace d'une seconde, Cassie resta paralysée. Puis dans un regain de lucidité, elle tenta de lui claquer la porte au nez. Pas assez vite. Il avait déjà glissé un pied dans l'entrebâillement.

— S'il te plaît, balbutia-t-elle. Je ne peux pas…

Mais il força le passage, l'obligeant à reculer.

— S'il te plaît, répéta-t-elle alors qu'il fermait la porte derrière lui.

— Je ne suis pas venu te faire du mal. Je te le promets.

Il semblait le penser. Jamais elle ne l'avait vu aussi peu sûr de lui. Ce qui n'enlevait rien à son magnétisme. Comment parvenait-il encore à lui faire perdre ses moyens d'un seul regard ?

— Pourquoi ne m'as-tu pas dit que tu étais vierge ?

Oh ! non. Une profonde lassitude envahit Cassie. Était-ce pour cela qu'il était là ? Parce qu'il croyait avoir une responsabilité envers elle ? Ne l'avait-elle pas rassuré sur ce point dans son mot ?

— Parce que ce n'était pas important, dit-elle dans un soupir.

— Mais ça l'est, n'est-ce pas ? murmura-t-il, si bas qu'elle faillit ne pas l'entendre.

— Non, pas du tout.

Il fallait qu'il parte, tout de suite. Avant qu'elle ne s'effondre à nouveau. Il effleura sa joue humide de larmes.

— Tu mens très mal, tu sais.

Elle recula, même si elle mourait d'envie de s'abandonner à sa caresse. C'était injuste. Combien de temps encore allait-elle devoir endurer cela ?

— Ce n'est pas parce que tu étais mon premier que cela rend ce qui s'est passé entre nous spécial.

Si seulement c'était vrai.

— Pour moi, c'est important, affirma Luke.

— Pourquoi ?

Ce fut tout ce qu'elle trouva à dire. Elle n'avait même plus la force d'être en colère contre lui. Il la saisit par la taille et pressa son front contre le sien.

— Parce que tu m'as fait confiance, répondit-il. Et que je n'ai pas su en faire autant.

— Ah.

Cassie ne savait que répondre à cela. C'était si inattendu… Mais elle s'interdisait d'y croire. Nourrir de faux espoirs lui avait fait assez de mal comme cela.

— Tu m'as donné quelque chose de précieux, Cassandra. Et tout ce que j'ai trouvé à faire est de te le renvoyer à la figure, aveuglé par mes propres démons.

Les battements de son cœur s'accélérèrent. Seigneur, n'avait-elle donc pas retenu la leçon ?

— Ne t'inquiète pas, Luke. Je comprends, dit-elle en se remémorant les quelques détails qu'il avait laissés échapper sur son passé. Moi aussi, j'ai les miens.

— Ne sois pas si indulgente. Je ne le mérite pas.

Il l'embrassa sur les paupières, dans un geste empreint d'une telle dévotion que l'air lui manqua. Que se passait-il ? Était-elle en train de rêver ? C'était plus qu'elle n'aurait jamais osé espérer. Il déposa un tendre baiser sur ses lèvres. Mais alors qu'elle savourait leur alchimie retrouvée, il rompit le charme et recula. Les mains enfoncées dans ses poches, le menton baissé, il paraissait nerveux, mais aussi plus proche d'elle qu'il ne l'avait jamais été.

— Il faut que tu saches… Je ne t'ai pas dit toute la vérité non plus.

— À quel sujet ? demanda-t-elle.

— Je t'ai raconté que je ne connaissais pas mon père…

Il leva brièvement les yeux, et ce qu'elle lut dans son regard la bouleversa.

— C'est faux. Il a été envoyé en prison juste après ma naissance. Mais une fois sa peine effectuée, il est revenu. Il a débarqué à notre caravane un jour, sans prévenir. J'avais quinze ans. Je le détestais déjà, mais ma mère…

Ses épaules s'affaissèrent. Tristesse et colère assombrissaient ses traits.

— Elle a cru qu'il était revenu pour elle, parce qu'il n'avait jamais cessé de l'aimer. Il l'a rouée de coups…

Consciemment ou non, il toucha la cicatrice sur son arcade sourcilière. Celle qui avait tant aiguisé la curiosité de Cassie. Elle comprit que sa mère n'était pas la seule à avoir souffert.

— Il a pris tout l'argent que nous économisions pour acheter une petite maison.

— Oh ! Luke… C'est vraiment un type ignoble.

— Oui… Mais le pire est que ma mère a refusé de porter plainte, pour ne pas compromettre sa liberté conditionnelle.

Il leva la tête, alors. Pour la première fois, il se montrait à elle sans fard. Les émotions se bousculaient sur son visage : colère, peine, regrets, pour sa mère et son amour piétiné par un homme qui ne le méritait pas.

— Je suis désolée, Luke, murmura-t-elle en pressant une main contre sa joue.

Elle aurait tout donné pour le réconforter. Pour terrasser ces démons toujours tapis au fond de ses yeux, comme il avait terrassé les siens. Était-ce pour cela qu'il était si important pour lui de ne rien ressentir ? Qu'il s'interdisait de lui faire confiance ou d'écouter ce que son cœur lui soufflait ?

— Nos pères ne valent pas mieux l'un que l'autre, pas vrai ?

— Tu l'as dit.

Son petit rire libéra une nuée de papillons dans son ventre. Il porta sa main à ses lèvres et imprima un baiser dans le creux de sa paume.

— Mais tout cela m'est égal, à présent. Sais-tu pourquoi ?

— Non…

Le cœur de Cassie battait la chamade. Désir et respect transparaissaient dans les yeux de Luke, et tellement, tellement plus !

— Parce que j'ai enfin compris une chose, continua-t-il. Une part de moi a toujours reproché à ma mère sa crédulité. Comment peut-on s'éprendre de quelqu'un incapable de vous aimer en retour ? Je me suis juré de ne pas être aussi naïf. Alors quand j'ai commencé à tomber amoureux de toi, j'ai tout fait pour me voiler la face.

— Tu… tu es tombé amoureux de moi ?

La Terre cessa de tourner. Avait-elle bien entendu ?

— Oui, à la seconde où je t'ai vue te mordre la lèvre au mariage de Matt et Remy.

Il caressa sa bouche du pouce et elle s'aperçut qu'elle était encore en train de le faire.

— Vraiment ? balbutia-t-elle, stupéfaite.

Alors les coups de foudre existaient bel et bien ?

Luke sourit.

— Oui, vraiment. Cela te surprend ?

— Mais pourquoi ?

Sa peur d'enfant de ne pas être assez bien, ni digne d'être aimée, revint au galop. Le rire velouté de Luke la fit disparaître comme par magie.

— C'est simple. Tu es intelligente, fidèle, adorable…

— J'ai l'impression d'être un chiot, se plaignit Cassie, épatée d'être capable de plaisanter alors que son cœur menaçait d'éclater à tout instant.

Luke s'esclaffa.

— Et divinement sexy, ajouta-t-il.

— Ah, je préfère.

Un sourire mutin joua sur ses lèvres.

— Continue…

— J'aime ta façon de te mordre la lèvre quand tu es nerveuse, ou concentrée, ou quand tu te donnes à fond malgré ta peur d'échouer, poursuivit-il. J'aime ton courage et ton audace. Ton innocence, aussi. J'aime que sous tes airs de dure à cuire, tu sois une vraie guimauve.

Cassie éclata de rire. Dire que tout ce qu'elle considérait comme ses faiblesses était exactement ce qui lui plaisait le plus chez elle ! Il l'enlaça tendrement, les yeux dans les siens.

— Mais ce que j'aime le plus, c'est que tu me pardonnes de m'être conduit comme le dernier des imbéciles.

— Tu étais juste sur tes gardes, murmura-t-elle.

— Plus maintenant. Pas avec toi.

Cassie sentit les larmes lui monter aux yeux. Mais cette fois, c'étaient des larmes de joie. Luke la serra fort contre lui, le nez enfoui dans ses cheveux.

— Désolé de t'avoir fait perdre ton travail, reprit-il. Que dirais-tu d'en chercher un autre à San Francisco ? J'ai d'excellents contacts. Et une île qui ne demande qu'à devenir ton nouveau chez toi.

Cassie avait l'impression d'être emportée dans un tourbillon.

Elle ne connaissait Luke que depuis deux semaines. C'était complètement fou ! Un bond terrifiant dans l'inconnu. Et pourtant… Pourquoi ne pas tenter l'aventure ? Elle l'avait déjà fait une fois, et cela semblait plutôt lui réussir.

— Je vais y réfléchir, dit-elle, feignant une pudeur qui venait un peu tard. Mais ne préfères-tu pas être sûr de mes sentiments avant ?

Il secoua la tête, tout sourires.

— Inutile. Je sais déjà que tu m'aimes, *chère*.

Toujours aussi arrogant. Mais avant qu'elle puisse faire mine de s'indigner, il captura ses lèvres et scella cette vérité d'un fougueux baiser.

Vous avez aimé *Conquise par l'ennemi* ?
Découvrez la suite de votre série « Nuits d'été »
dès le mois prochain dans votre collection Azur !

Retrouvez prochainement, dans votre collection

AZUR

L'assistante d'un Grec, de Carol Marinelli - N°4488

Être l'assistante de Galen Pallas durant six semaines ? Pour Roula, la proposition est d'autant plus tentante qu'elle admire l'homme d'affaires. Parti de rien, le génie de la high-tech a bâti un empire ! Seulement, même si tous deux ont grandi sur l'île grecque d'Anapliro, ils n'ont rien en commun. Sauront-ils marier leurs caractères pour collaborer comme il se doit, et surtout faire taire le désir qui brûle entre eux ?

Une innocente sous les projecteurs, de Melanie Milburne - N°4489

Jamais Elizabeth n'aurait dû accepter de se faire passer pour sa jumelle le temps d'un week-end dans le château de Crannochbrae, en Écosse. Qui croirait un seul instant qu'elle est une mannequin lingerie, elle, la timide bibliothécaire ? Face à Mack McDiarmid, le maître des lieux, elle se sent mise à nu. Aurait-il compris d'un seul regard qu'elle n'est pas celle qu'elle prétend ? Alors qu'elle devrait garder ses distances avec lui, Elizabeth se surprend à défier cet homme qui lui témoigne sa méfiance…

L'escapade d'une princesse, d'Annie West - N°4490

Un pion sur l'échiquier de la dynastie, voilà ce qu'est la princesse Ilsa d'Altbourg. Depuis toujours, elle accomplit son devoir royal, assume son rôle d'ambassadrice, dans l'intérêt de son pays et de ses sujets – mais sans jamais penser à elle. Or aujourd'hui elle a besoin d'échapper à ses responsabilités pour vivre, tout simplement. Aussi, quand Noah Carson, l'irrésistible milliardaire qu'elle vient de rencontrer, lui propose une croisière en sa compagnie accepte-t-elle de le suivre pour ce voyage sur les rives du désir…

La proposition d'un Irlandais, de Heidi Rice - N°4491

Embauchée par Conall O'Riordan pour organiser le mariage de sa sœur, Katherine écoute avec stupeur ses exigences. Et dire que durant leur séjour en tête à tête au château de Kildaragh, où aura lieu la réception, elle devra supporter cet homme tyrannique ! Résolue à ne pas se laisser distraire par son physique d'apollon et son aura de virilité, Katie fait son possible pour garder la raison et le contrôle de ses émotions. Car, elle le sait, on ne mélange jamais travail et plaisir…

Une tendre confession, de Julia James - N°4492

Enceinte. La nouvelle est un choc pour Alys, car le bébé qui grandit en elle est celui du sublime inconnu dans les bras duquel elle s'est abandonnée un soir de solitude… Sitôt qu'elle révèle par courrier son état à Nikos Drakis, celui-ci exige qu'elle l'accompagne dans sa villa grecque. Et sur place Alys doit se rendre à l'évidence : l'homme qui lui a fait perdre la tête l'attire toujours autant, même s'il ne lui cache pas son hostilité et son ambition de réclamer son héritier !

L'épouse de Jin Zhang, d'Andrea Bolter - N°4493

Créatrice de mode en herbe, Mimi aime depuis toujours Jin Zhang, le meilleur ami de son frère. Lorsque ce dernier a besoin de son aide pour sauver le label Haute couture de sa famille, il offre soudain à Mimi tout ce dont elle rêve : un travail *et* la chance d'être son épouse ! Si elle accepte avec bonheur cette union de convenance, Mimi ne peut s'empêcher d'espérer qu'elle évolue vers un mariage d'amour…

L'héritier d'Apollo Drakos,
de Jennifer Faye - N°4494

Par amour, Popi a accepté d'être mère porteuse pour sa sœur et son beau-frère. Hélas, quand les futurs parents disparaissent subitement, elle se voit obligée d'élever le bébé seule. En tout cas, c'est ce qu'elle croit jusqu'à ce qu'Apollo Drakos, l'oncle de l'enfant, vienne sur l'île de l'Éternité lui réclamer sa garde ! Malgré leur désaccord et pour le bien du bébé, tous deux tentent de s'entendre, tout en ignorant l'attirance qui grandit entre eux et qui pourrait mettre à mal ce fragile équilibre…

La tentation du Costa Rica, de Pippa Roscoe - N°4495

SÉRIE : *PRÉCIEUX HÉRITAGE* - 1/3

Pour hériter de la propriété familiale, Skye Soames doit retrouver… des diamants disparus ! Un défi qui la mène bientôt chez le milliardaire Benoît Chalendar, installé dans la forêt tropicale du Costa Rica. Celui-ci accepte de l'aider dans sa quête, mais à la condition qu'elle l'épouse ! Auprès de lui, Skye découvre une faune exceptionnelle, des cascades – l'aventure ! Et aussi le frisson du désir…

La brûlure d'une vengeance, d'Abby Green - N°4496

SÉRIE : *NUITS D'ÉTÉ* - 2/2

Zachary Temple n'a pas oublié les grands yeux bleus d'Ashling Doyle, ni la façon dont elle a tenté de ruiner sa carrière. Quatre ans plus tôt, sans même le connaître, elle l'a humilié publiquement en se faisant passer pour l'une de ses conquêtes ! Aujourd'hui que le hasard l'a remise sur son chemin, il n'a qu'une envie : se venger d'elle. Mais l'attrait puissant qu'il éprouve pour Ashling l'invite à se demander s'il ne pourrait pas d'abord la mettre dans son lit...

Dans le lit d'un roi, de Maya Blake - N°4497

Voilà un an que le roi Lucca est hanté par la douce Delphine, qui a subitement disparu de sa vie et de son lit. Maintenant qu'il est parvenu à la retrouver, il espère la convaincre d'adhérer à son plan. Afin de faire oublier le scandale qui entoure la famille de Lucca, tous deux devront jouer ensemble la comédie de l'amour devant les médias avides de romance ! Et qui sait, en se rapprochant de Delphine, Lucca découvrira peut-être enfin la raison pour laquelle elle est partie...

Le serment d'un été, de Catherine George - N°4498

Devant la loi, Alicia est toujours l'épouse de Francesco da Luca. Et dans son cœur aussi... Toutefois, elle sait à quoi s'en tenir : le bel Italien qui l'a envoûtée, huit ans plus tôt, n'existe plus. Il a été remplacé par un homme froid et arrogant qui l'a méprisée tout au long de leur vie commune, avant qu'elle décide de s'enfuir. Un homme qui lui demande, aujourd'hui, de revenir à Montedaluca pour régler une question d'héritage. Cette perspective glace Alicia, mais n'est-il pas temps, enfin, de faire une croix sur le passé et de rayer de sa mémoire le seul homme qu'elle ait jamais aimé ?

RESTEZ CONNECTÉ AVEC HARLEQUIN

Harlequin vous offre un large choix de littérature sentimentale !

Sélectionnez votre style parmi toutes les idées de lecture proposées !

www.harlequin.fr

- **Découvrez** toutes nos actualités, exclusivités, promotions, parutions à venir…
- **Partagez** vos avis sur vos dernières lectures…
- **Lisez** gratuitement en ligne
- **Retrouvez** vos abonnements, vos romans dédicacés, vos livres et vos ebooks en précommande…

L'application Harlequin

- Des **ebooks gratuits** inclus dans l'application
- **50 nouveautés tous les mois** et + de 7 000 ebooks en téléchargement
- Des **petits prix** toute l'année
- Une **facilité de lecture** en un clic hors connexion
- Et plein d'autres avantages…

Téléchargez notre application gratuitement

Télécharger dans l'App Store

DISPONIBLE SUR Google Play

SUIVEZ-NOUS !

facebook.com/HarlequinFrance
twitter.com/harlequinfrance

VOTRE COLLECTION PRÉFÉRÉE DIRECTEMENT CHEZ VOUS

Vous souhaitez découvrir nos collections ? Une fois votre colis de bienvenue reçu, si vous souhaitez continuer à recevoir nos livres, cela se fera automatiquement. Vous n'avez aucune obligation d'achat et cette offre est sans engagement de durée !

Dans votre 1er colis, 2 livres au prix d'un + 1 cadeau

☛ COCHEZ la collection choisie et renvoyez cette page au
Service Lectrices Harlequin – CS 20008 – 59718 Lille Cedex 9 – France

Collections	Prix 1er colis	Réf.	Prix abonnement (frais de port compris)
❑ **AZUR**	4,75€	AZ1406	6 livres par mois 31,49€
❑ **BLANCHE**	7,30€	BL1603	3 livres par mois 24,85€
❑ **HISTORIQUES**	7,30€	LH1202	2 livres par mois 17,49€
❑ **PASSIONS**	7,80€	PS0903	3 livres par mois 26,49€
❑ **BLACK ROSE**	7,90€	BR0013	3 livres par mois 26,79€
❑ **HARMONY***	5,99€	HA0513	3 livres par mois 20,76€
❑ **NORA ROBERTS***	8,90€	NR2403	3 livres tous les 2 mois, prix variable**
❑ **SAGAS***	7,99€	SG2303	3 livres tous les 2 mois 29,46€
❑ **VICTORIA**	7,80€	VI2115	5 livres tous les 2 mois 42,09€
❑ **GENTLEMEN***	7,50€	GT2022	2 livres tous les 2 mois 17,95€
❑ **HORS-SÉRIE***	7,70€	HS2812	2 livres tous les 2 mois 18,45€

*livres réédités / **entre 28,79€ et 31,39€ suivant le prix des livres

F22PDFM

N° d'abonnée Harlequin (si vous en avez un) ________________

Mme ❑ Mlle ❑ Nom : ________________

Prénom : ________________ Adresse : ________________

____

Code Postal : ________ Ville : ________________

Pays : ________________ Tél. : ________________

E-mail : ________________

Date de naissance : ________________

Date limite : 31 décembre 2022. Vous recevrez votre colis environ 20 jours après réception de ce bon. Offre soumise à acceptation et réservée aux personnes majeures, résidant en France métropolitaine, dans la limite des stocks disponibles. Prix susceptibles de modification en cours d'année. Vous pouvez demander à accéder à vos données personnelles, à les rectifier ou à les effacer. Il vous suffit de nous écrire en nous indiquant vos nom, prénom et adresse à : Service Lectrices Harlequin CS 20008 59718 LILLE Cedex 9. Service Lectrices disponible du lundi au vendredi de 9h à 17h : 01 45 82 47 47.